JN434800

티보가家 사람들

4

로제 마르탱 뒤 가르

티보가 사람들

진찰

La consultation

정지영 옮김

민음

일러두기

- 이 책은 갈리마르 출판사에서 펴낸 Bibliothèque de la Pléiade판의 로제 마르탱 뒤 가르 전집 I, II(1955)에 실린 *Les Thibault*를 번역한 것이다.
- 「티보가 사람들」은 총 여덟 작품으로 이루어진 대하소설이다. 이 책 『티보가 사람들—진찰』은 그중 네 번째 작품이다.
- 주는 모두 옮긴이의 주이다.

차례

진찰

티보가 사람들

1부 회색 노트
2부 소년원
3부 아름다운 계절
4부 진찰
5부 라 소렐리나
6부 아버지의 죽음
7부 1914년 여름(3권)
8부 에필로그

부록 회상

1

위니베르시테가街 낮 열두시 반.

앙투안은 택시에서 뛰어내리자 아치형으로 된 입구 속으로 황급히 들어갔다. '월요일, 내 진찰 날이군' 하고 그는 생각했다.

"안녕하세요, 선생님."

그는 뒤돌아보았다. 두 아이가 바람을 피하려는 듯 구석에서 있었다. 큰 아이는 모자를 벗어 손에 들고 있었다. 그리고 참새 머리처럼 동그랗고 부단히 움직이는 머리, 당돌해 보이는 시선을 앙투안 쪽을 향해 치켜들었다. 앙투안은 걸음을 멈추었다.

"저, 약을 좀 주실 수 없나 해서요… 얘가 아파서요."

앙투안은 물러서 있는 '그 애' 쪽으로 다가갔다.

"얘야, 어디가 아프니?"

바람이 몹시 불어 외투 소맷자락이 날리면서 어깨부터 축 늘어뜨려진 팔 한쪽이 드러나 보였다.

"별것은 아닌데요." 하고 큰 아이가 침착하게 말했다. "일하다가 다친 건 아니에요. 그렇지만 인쇄 공장에서 이런 종기가 났거든요. 어깨까지 쿡쿡 쑤신대요."

앙투안은 급한 일 때문에 마음이 바빴다.

"체온은?"

"뭐라고 말씀하셨지요?"

"열이 있나 말이야?"

"네, 있는 것 같아요." 큰 아이가 머리를 끄덕이면서 대답했다. 그리고 걱정스러운 눈으로 앙투안의 얼굴을 유심히 살폈다.

"너희 부모님께 말씀드려 자선병원으로 데리고 가도록 해라. 두시에 하는 진찰이 있으니까. 저기 왼쪽 편의 큰 병원이야. 알겠니?"

그때 잔뜩 찌푸렸던 소년의 얼굴은 곧 정상을 되찾기는 했지만 실망의 빛이 역력했다. 소년은 억지로 상냥한 미소를 지었다.

"저, 저는 혹시 선생님께서 봐주시지나 않을까 해서…."

그러나 소년은 곧 마음을 가다듬었다. 그리고 벌써부터 불가항력 앞에서는 어떻게 처신해야 하는지를 아는 사람처럼 말했다.

"네, 뭐, 괜찮아요. 어떻게 되겠지요. 감사합니다. 루루, 가자."

소년은 조금도 미련 없이 미소를 지으며 상냥스럽게 모자를 흔들었다. 그리고 길 쪽을 향해 걸어갔다.

어쩐지 마음에 걸렸던 앙투안은 잠시 주저했다.

"너희들, 나를 기다렸니?"

"네, 선생님."

"그럼 누가 너희들을…?" 그는 계단으로 통하는 문을 열었다. "들어와라, 바람 부는 곳에 있지 말고. 그런데 누가 일러줘서 여기에 왔지?"

"아무도요." 소년의 얼굴은 밝게 빛났다. "저는 선생님을 알고 있어요! 저는 사무실의 급사인데요… 저쪽 가운데 마당 구석에 있는 사무실 말입니다!"

앙투안은 몸이 좋지 않다는 소년 곁으로 가서 기계적으로 그의 손을 잡았다. 끈적끈적한 손바닥, 불덩이 같은 손목을 만질 때면 그는 언제나 자기도 모르게 뭔가 불안감을 느끼곤 했다.

"부모님들은 어디에 살고 계시니?"

동생이 돌아서서 힘없는 눈길을 형에게 보냈다.

"로베르!"

형 로베르가 끼어들었다.

"부모님은 안 계세요." 그리고 조금 있다가 말했다. "사는 데는 베르뇌유가街예요."

"아버지도 어머니도 모두 안 계시니?"

"네."

"그럼 조부모님은?"

"안 계세요."

소년의 얼굴은 진지했다. 소박하고 정직한 시선, 어떤 동정이나 남의 관심을 억지로 사려는 그런 티는 조금도 없었다. 그렇다고 우울한 기색도 없었다. 오히려 우습게 된 것은 앙투안의 놀란 모습이었다.

"몇 살이니?"

"열다섯이에요."

"동생은?"

"열세 살 육 개월이고요."

'귀찮은 것들이 뛰어들었군!' 앙투안은 생각했다. '벌써 한시 십오분 전이구나! 필립 선생한테 전화를 해야지. 그리고 점심을 먹고 위층에 올라가야겠군. 진찰 시간 전에 생 오노레 교외까지 갔다 와야지…. 오늘이 그날이야!…'

"자" 하고 그가 불쑥 말했다. "어디 보자." 좋아서 어쩔 줄 모르는 로베르의 시선, 그러나 놀란 기색은 조금도 보이지 않는 그 시선에 아랑곳도 하지 않고, 그는 앞서 걸으며 열쇠를 꺼내 아래층 방문을 열었다. 그리고 두 소년을 대기실을 지나 서재로 이끌고 들어갔다.

레옹이 부엌 문턱에 모습을 드러냈다.

"레옹, 식사는 좀 기다려야겠어…. 자, 얘야, 빨리 옷을 벗어. 형더러 도와달라고 해. 천천히… 옳지, 이리로 오렴."

비교적 깨끗한 셔츠를 걷어 올리자 허약한 팔이 드러났다. 손목 위에는 확실히 옮은 종기 하나가 벌써 곪아 있는 것 같았다. 앙투안은 약속 시간 같은 것은 벌써 까맣게 잊은 채 손끝을 종기 위에 올려놓았다. 그리고 다른 손의 두 손가락으로 종기 한쪽을 꾹 눌렀다. 그는 손끝에서 고름이 움직이는 것을 확실히 느낄 수 있었다.

"그래, 여기가 아프지?" 그는 우선 부어 있는 팔뚝과 팔, 그리고 염증을 일으킨 겨드랑이의 종기까지 만져보았다.

"별로…" 하고 소년은 몸을 꼿꼿하게 하고는 형에게서 눈을 떼지 않으며 나지막하게 말했다.

"그럴 리가 없는데" 앙투안은 퉁명스럽게 말했다. "어쨌든 너는 참 용기가 있구나." 그는 소년의 겁에 질린 눈 속을 들여다보았다. 그 순간에 접촉의 불꽃이 튕겼다. 얼마 동안 망설이던 신뢰가 드디어 그에게 샘처럼 솟구쳤다. 그때 비로소 그는 미소 지었다. 소년은 곧 머리를 숙였다. 앙투안은 소년의 볼을 쓰다듬어 주었다. 그러고 나서 약간 주저주저하는 소년의 턱을 살며시 들어 올렸다.

"얘야, 조금만 절개하자. 삼십 분만 지나면 아주 좋아질 테니까…. 알겠지?… 이리 오렴."

그 말에 압도당한 소년은 용기를 내어 서너 걸음 앞으로 다가왔다. 그러나 앙투안이 자기를 쳐다보지 않자 그의 용기는 흔들리기 시작했다. 소년은 형에게 구원을 청하는 듯 얼굴을 돌렸다.

"로베르… 너도 같이 들어오려무나!"

옆방에는 사기로 만든 타일과 리놀륨이 깔려 있고 증기 소독기가 놓여 있었으며, 반사기 아래에는 에나멜을 칠한 테이블이 있어서 필요한 때 간단한 수술을 할 수 있는 시설이 있었다. 레옹은 이 방을 '실험실'이라고 불렀다. 그것은 욕실을 개조한 방이었다. 앙투안이 지금까지 동생과 함께 아버지 집에서 쓰던 방은 그가 혼자 쓰기에도 충분하지 않았었다. 마침 얼마 전부터 그는 인접한 건물의 같은 아래층에 있는 네 칸짜리 방을 빌릴 수 있게 되었던 것이다. 그는 그곳으로 자기의 서재와 거실을 옮겼다. 그리고 그곳에다 이 '실험실'을 차려놓았다. 지금까지의 진찰실은 환자의 대기실로 만들었다. 양쪽 거실 벽을 헐어 이렇게 두 집을 연결했다.

몇 분 뒤에 종기는 완전히 절개되었다.

"이제 조금만 참아…. 자… 조금만 더… 이제 끝났어!" 앙투안은 뒤로 물러서며 말했다. 그러나 얼굴이 창백해진 소년은 팔을 꼿꼿이 편 채 자기를 얼싸안고 있는 형의 품 안에서 반은 실신해 있었다.

"이봐, 레옹!" 앙투안은 쾌활하게 소리쳤다. "이 아이들에게 코냑을 조금만 갖다줘!" 레옹은 약간의 브랜디에다가 각설탕

두 개를 넣어 가지고 왔다. "자, 마셔봐. 너도." 그는 소년 쪽으로 몸을 굽혔다. "너무 독하지 않을까?"

"맛있어요." 소년은 그제야 웃으며 조용히 말했다.

"자, 이제 팔을 보여봐. 겁내지 말고. 이제 모두 끝났어. 소독하고 찜질만 하면 돼. 조금도 아프지 않단다."

그때 전화가 울렸다. 옆방에서 레옹의 목소리가 들렸다. "안 됩니다, 부인. 선생님은 지금 바쁘신데요… 오늘 오후에는 안 됩니다. 진찰하시는 날이라서요… 네, 저녁 식사 전에도 어렵겠는데요… 알겠습니다, 부인. 천만의 말씀입니다."

"만일을 생각해서 가제를 하나 대고" 앙투안은 종기 위로 몸을 굽히며 말했다. "자, 붕대는 좀 팽팽하게 해야지… 이제는 로베르, 동생을 데리고 집으로 가렴. 팔을 움직이지 않게 가만히 눕혀두어야 해. 누구와 같이 사니? …누구든지 동생을 돌봐줄 사람은 있겠지?"

"제가 하면 돼요."

당돌하게 생긴 얼굴에다가 솔직하면서도 대담성이 엿보이는 시선이었다. 매우 진지한 눈초리였다. 앙투안은 벽시계를 힐끗 보았다. 그리고 다시 한번 호기심을 억제했다.

"베르뇌유 몇 번지라고 했더라?"

"37번지 을 호요."

"로베르 그리고 성은?"

"로베르 보나르예요."

앙투안은 주소를 적고 눈을 들었다. 두 소년은 맑은 눈길로 그를 응시하며 서 있었다. 조금도 감사의 기색은 보이지 않았다. 다만 모든 것을 맡기고 완전히 신뢰하고 있다는 표정뿐.

"자, 어서들 가봐. 나는 바쁘니까… 여섯시부터 여덟시 사이에 베르뇌유가家에 있는 너희 집에 들러 가제를 갈아줄게. 알았지?"

"네, 선생님" 하고 형이 대답했다. 아주 당연한 일같이 여기는 태도였다. "제일 위층이에요. 계단 바로 정면에서 세 번째 문이에요."

소년들이 떠나자 앙투안은 곧바로 레옹을 불렀다.

"레옹, 식사를 준비하게."

그러고 나서 전화를 걸었다.

"여보세요… 엘리제 01-32번."

전화기 옆의 테이블 위에는 여러 가지 약속을 적어놓은 노트의 그날 페이지가 펼쳐져 있었다. 앙투안은 수화기를 든 채 몸을 숙이고 읽어 내려갔다.

"1913년. — 10월 13일 월요일 오후 두시 반, 바탱쿠르 부인. 내가 없을 테니까. 기다려달라고 해야겠군. 세시 반, 뤼멜, 이것은 괜찮고… 류탱, 이것도 괜찮고… 에른스트 부인, 모르는데… 비앙주니… 드 파이엘… 됐고…."

"여보세요… 01-32번?… 필립 교수님 돌아오셨습니까? 여기는 티보…"(잠시 후.) "여보세요… 안녕하세요, 선생님… 점심 식사를 방해하지는 않았는지요…. 여쭈어볼 말씀이 있어서 전화 드렸습니다. 급한 일입니다. 대단히 급해서요…. 에케의 어린아이 말입니다…. 네. 외과에 있는 에케 말이에요…. 매우 중태입니다. 아주 절망 상태가 돼서요. 중이염인데 좀 손을 늦게 쓴 것 같습니다. 그리고 여러 가지 합병증이 생겨서요. 가서 말씀드리지요. 어쨌든 눈 뜨고는 못 볼 지경입니다…. 아니요, 선생님. 그는 선생님을 꼭 뵙고 싶어 합니다. 아무튼 선생님, 에케의 일입니다. 에케의 청이니 꼭 좀 들어주세요…. 네, 물론 시간을 다투는 일이지요…. 지금 곧… 저도 그렇습니다. 월요일은 마침 저도 진찰 날이라서요…. 그럼 알겠습니다. 십오 분 전에 모시러 가겠습니다…. 고맙습니다."

그는 수화기를 내려놓고 다시 한번 진찰받을 사람의 명단을 훑어보았다. 만족스런 표정이라기보다는 판에 박은 낙담의 한숨을 지었다.

레옹이 번들번들한 얼굴에 바보 같은 미소를 지으며 들어왔다.

"선생님, 오늘 아침에 고양이 녀석이 새끼를 낳았는데 알고 계시는지요?"

"정말이야?"

앙투안은 신기해서 부엌으로 들어가 보았다. 어미 고양이는 누더기를 잔뜩 담은 광주리 속에 비스듬히 누워 있었다. 광주리 속에는 척척한 몇 마리의 털 덩어리가 꿈틀거리고 있었는데 그것을 어미 고양이가 까칠까칠한 혀로 핥아주고 있었다.

"몇 마리지?"

"일곱 마리입니다. 그런데 제 형수가 한 마리 달라고 합니다."

레옹은 이 집 수위의 동생이었다. 이 년 이상이나 앙투안의 시중을 들면서 아주 열성적으로 임무을 수행해왔다. 말수도 적고 얼굴에 주름도 많아 나이도 확실하지 않았다. 희끄무레한 데다가 드문드문 나 있는 솜털 같은 머리카락이 길쭉한 얼굴을 괴상하게 덮고 있었다. 약간 구부러진 긴 코가 언제나 아래로 처져 있는 양쪽 눈꺼풀 사이에 놓여 있어서 꼭 바보 같은 인상을 주었으며, 미소를 지을 때는 더 멍청해 보였다. 그러나 이렇게 멍청해 보이는 것은 상투적 외양에 불과했고, 실은 그 뒤에는 놀랄 만큼 눈치가 빠르고 독특한 유머를 겸비한 기민한 두뇌 활동이 숨어 있었다.

"그럼 나머지 여섯 마리는" 하고 앙투안이 물었다. "물에 처넣어 죽일 건가?"

"글쎄요" 레옹이 태연하게 대답했다. "그렇지 않으면 선생님이 모두 기르시겠습니까?"

앙투안은 미소를 지으며 발꿈치로 돌아섰다. 그리고 빠른 걸음으로 전에 자크가 쓰던 방으로 들어갔다. 그 방은 지금 식당으로 쓰고 있었다.

오믈렛, 시금치를 곁들인 에스칼로프, 과일 등 모든 것이 식탁 위에 있었다. 앙투안은 요리가 하나하나 나오는 것을 기다리기가 조바심 났다. 오믈렛에서는 따뜻한 버터와 프라이팬의 구수한 냄새가 풍겨 나왔다. 오전 중의 병원 근무와 오후 왕진 사이에 끼어 있는 십오 분 동안의 쉬는 시간, 짧은 휴식이었다.

"위층에서는 아무런 말이 없었나?"

"네, 아무런 말씀이 없었습니다."

"프랭클린 부인에게선 전화가 없었고?"

"있었습니다. 금요일로 약속해놓았습니다. 적어두었습니다만."

그때 전화벨 소리. 레옹의 목소리가 들렸다. "안 됩니다, 부인. 마침 다섯시 반에 약속이 있으셔서… 여섯시도 마찬가지예요…. 죄송합니다."

"누구야?"

"스톡내 부인이십니다" 말하고 나서 그는 어깨를 으쓱해 보였다. "친구분의 아기 때문이랍니다. 곧 편지를 주시겠다고 말씀하셨어요."

"다섯시에 에른스트 부인이란 누구지?" 상대의 대답도 기다리지 않고 그는 말했다. "바탱쿠르 부인한테는 사과를 해두게. 적어도 이십 분은 늦어질 테니까…. 신문을 가져오게. 고맙네." 그는 시계를 흘끗 보았다. "위층에서는 식사가 끝났겠지? …전화를 걸어주게. 지젤을 불러. 그리고 전화는 이리로 가져오고. 커피도 빨리."

그는 수화기를 들었다. 그의 얼굴은 긴장이 풀리고 눈은 먼 곳을 보면서 미소 짓고 있었다. 마치 몸에 날개라도 돋기나 한 사람처럼 그는 벌써 전화선 끝에 가 있었다.

"여보세요… 그래, 나야…. 오! 대강 끝났는데…" 그는 웃음을 지었다. "응, 포도를 먹고 있어. 환자한테서 받았거든. 참 맛있어…. 그런데 그쪽은?" 그는 듣고 있었다. 그 얼굴 표정이 점차로 어두워졌다. "저런, 주사 놓기 전 아니면 후라고? …아무튼 그런 증세가 당연한 것으로 말씀드려야 해…." 잠시 뒤에 그의 표정은 다시금 밝아졌다. "이봐, 지젤, 주위에 아무도 없니? 이것 봐, 오늘 널 만나야 할 일이 있어. 이야기하고 싶은 게 있다고. 중요한 이야기야… 여기는 물론 좋아. 세시 반 뒤라면 언제라도 좋아. 레옹이 안내할 테니까… 그럼 기다릴까?… 좋아… 커피를 마시고 올라갈 테니까."

2

앙투안은 아버지 방의 열쇠를 가지고 있었다. 그는 벨을 누르지 않고 안에까지 들어갔다.

"이사장님은 서재에 모셨습니다." 아드리엔이 말했다.

그는 발끝을 세워 걸으면서 약품 냄새가 풍기는 복도를 지나 티보 씨의 화장실까지 왔다. '이 집에 발을 들여놓자마자 압박당하는 기분이 드는군….' 그는 생각했다. '더구나 나는 의사이면서! …그렇지만 여기에서는 아무래도 다른 곳과 같지 않단 말이야….'

그의 시선은 곧바로 벽에 핀으로 꽂아놓은 체온표로 갔다. 화장실은 약국과 같았다. 선반 위와 테이블 위에는 유리병이며 사기 용기며 탈지면 뭉치 등이 있었다. '어디, 소변 병을 봐야지. 역시 생각한 대로구나. 신장의 움직임이 매우 약하군. 어차피 분석을 해봐야 알겠지만. 그런데 모르핀은 어느 정도 썼나?' 그는 환자가 눈치채지 못하게 라벨을 살짝 위조해놓은 앰풀 상자를 열어보았다. '이십사 시간에 삼 센티그램… 벌써! 그런데 수녀 간호사는 눈금이 새겨진 컵을 어디에 두었을까…? 아, 여기 있군.'

그는 흥겨운 듯 민첩한 동작으로 조사하기 시작했다. 그리고 시험관에 알코올 불을 붙이려 하는 순간에 갑자기 문 열리는 소리가 나는 바람에 놀라서 뒤를 돌아다보았다. 그러나 그것은 지젤이 아니고 유모였다. 그녀는 나이 먹은 나무꾼처럼 몸을 구부리고 종종걸음으로 오고 있었다. 몸이 완전히 굽어 있어서 좁은 안경 너머로 보이는 아직도 발랄한 눈길은 아무리 치켜올려도 겨우 앙투안의 손 근처까지 이를까 말까 했다. 하찮은 일이라도 생겨 놀랄 때는 땋아 두른 백발 사이로 작고 상아 같은 그녀의 이마가 기계적으로 흔들리는 것이 뚜렷이 보이곤 했다.

"아, 앙투안이었구나" 하고 그녀는 한숨짓듯 말했다. 그리고 아무런 서두도 없이 고개를 움직이며 떨리는 목소리로 말했다. "어제부터 더 참을 수가 없게 되었어! 세린 수녀는 글쎄 수프 두 그릇, 우유 일 리터 이상을 그냥 낭비해버린다구! 십이 수* 나 하는 바나나를 벗겨드리면 당사자인 환자는 손 하나 까딱 않지…. 더구나 남은 것은 그대로 버리게 되거든. 병균이 묻었다고 말이야! 오, 나는 세린 수녀도 그렇고 어느 누구도 나쁘게는 생각하지 않아. 그 수녀는 확실히 훌륭한 분이지. 그렇지만 앙투안, 이제부터는 제발 그만두라고 말해줘! 상대는 환자이신데 무엇 때문에 억지로 드시게 한단 말인가? 달라고 하실 때까지 기다리면 될 텐데! 언제나 이것저것 권하니까 말이야! 오늘 아침에도 아이스크림을 권했거든! 앙투안! 그래, 그분에게 아이스크림을 권하다니! 졸지에 심장을 얼리기라도 하겠단 말이야! 글쎄, 클로틸드가 얼음 가게에 뛰어갈 틈이나 있다면 모를까! 이런 큰댁의 살림을 맡고 있는 처지인데!"

앙투안은 인내심을 갖고 그저 얼버무리는 몇 마디로서 그의 관찰을 끝내려 했다. '아무튼 이십오 년 동안이나 아버지의 잔소리를 말대꾸 한마디 없이 참고 견디어온 여자니까' 하고 그는 생각했다. '그 앙갚음을 하고 있는 것이겠지…'

"내가 몇 사람이나 치다꺼리를 하고 있는지 알아?" 유모는

* 프랑스의 옛 화폐 단위. 1수는 5상팀에 해당한다.

계속했다. "수녀님, 거기에 지젤까지 합쳐서 몇 사람인지나 알아? 부엌에 세 사람, 안에 세 사람, 그리고 아버님! 세어보라구, 글쎄! 일흔여덟이나 되는 이 늙은이가 더구나 이런 일까지 말이야…."

앙투안이 손을 씻으러 테이블을 떠나자 유모는 재빨리 뒤로 물러섰다. 그녀는 언제나 그렇듯 병이라든가 전염병 같은 것을 두려워하고 있었다. 그리고 일 년 전부터 중환자 곁에서 간호사나 의사들을 대하고, 언제나 약 냄새를 맡으며 살아야 했다는 사실이 그녀에게는 일종의 독소 같은 작용을 했다. 그래서 매일매일의 이런 생활은 이미 삼 년 전부터 나타나기 시작한 전반적인 노쇠 현상을 더욱 부채질하는 결과를 가져왔던 것이다. 그녀도 자신의 노쇠를 어느 정도 인정하고 있었다. "자크가 떠난 뒤로는" 하며 그녀는 한탄하곤 했다. "나도 아주 형편없이 되었어."

그러나 앙투안이 움직이지 않고 비누로 손을 씻고 있는 것을 보자 그녀는 겸연쩍은 듯이 몇 발자국 세면대 쪽으로 걸어왔다.

"수녀한테 말해줘, 앙투안, 그녀에게 말이야! 네 말은 꼭 들을 테니까!"

그는 타협하듯 '알았다'는 시늉을 했다. 그리고 유모의 말은 아랑곳도 없이 그 방을 나왔다. 그녀는 멀어져가는 그의 발길을 부드러운 눈길로 바라보았다. 앙투안은 한 번도 유모에게 말대답을 해본 적이 없으며, 그녀의 말을 거역해본 적이 없었기 때문에 그녀에게는 정말 '이 지상에서의 위안'이었다.

그는 다시 복도를 지났다. 지금 막 도착한 것처럼 보이기 위해 현관에서 서재로 곧장 들어갔던 것이다.

티보 씨는 수녀 간호사와 단둘이 있었다. '지젤은 도대체 자기 방에 있나?' 앙투안은 생각했다. '내 발소리를 들었을 텐데… 나를 피하는구나….'

"아버지, 안녕하세요" 앙투안은 경쾌한 투로 말했다. 그는 이제 아버지의 머리맡에서는 이런 식으로 말하려고 작정했다. "수녀님, 안녕하세요."

그때 티보 씨는 눈을 떴다.

"아, 너냐?"

티보 씨는 창가에 갖다놓은 큰 망사처럼 짠 안락의자에 앉아 있었다. 머리는 두 어깨 위로 무겁게 보였고, 턱은 세린 수녀가 목에 둘러준 턱받이 위에 축 늘어져 있었으며, 몸이 움츠러져 있었기 때문에 의자 등받이 양쪽에 걸쳐놓은 두 개의 목발이 터무니없이 길게 보였다. 르네상스풍의 색유리창은 세린 수녀의 머릿수건 위에 무지갯빛을 쏟고 있었다. 그리고 우유를 섞어 만든 타피오카 수프 접시가 김을 내고 있는 식탁보 위에 포도주빛의 반점을 떨어뜨리고 있었다.

"자!" 하고 세린 수녀가 말했다. 그리고 수프 한 숟가락을 떠서는 접시 끝에다 수저에 묻은 국물을 떨어냈다. 그러고 나서 아이에게 한 입 한 입 떠먹이듯이 쾌활하게 "자, 어서요!" 하면서 환자의 축 처진 입술 사이로 수저를 넣고 환자가 목을 돌리기 전에 입속에 흘려 넣었다. 무릎 위에 놓인 노인의 두 손은 견디기 힘든 듯이 부들부들 떨렸다. 이런 꼴로 음식물을 먹는 모습을 보이는 것을 그의 자존심이 허락하지 않았다. 그는 세린 수녀가 가지고 있는 수저를 잡으려고 무진 애를 썼다. 그러나 오래전부터 마비되어 있는 데다가 부기까지 있어서 그의 손끝은 전혀 말을 듣지 않았다. 수저는 그의 손에서 빠져 양탄자 위에 떨어졌다. 그는 거친 손짓으로 접시와 식탁을 세린 수녀 쪽으로 밀어붙였다.

"배고프지 않아! 억지로 먹이는 것은 질색이라고!" 그는 마치 보호를 청하는 듯 아들 쪽을 뒤돌아보며 말했다. 그러고는 앙투안의 침묵에 용기를 얻은 듯이 세린 수녀 쪽을 향해 매서운 눈초리를 던졌다. "이거 모두 치워버리란 말이야!" 세린 수녀는 한마디 대꾸도 없이 한 발 뒤로 물러서더니 그의 시야에서 사라졌다.

환자는 기침을 했다.(그는 쉴 새 없이 나오는 기계적인 마른 기침 때문에 어쩔 줄 모르고 있었다. 그때마다 주먹을 불끈 쥐면서 감고 있는 눈꺼풀에 경련을 일으키곤 했다.)

"얘야" 티보 씨는 원한이라도 푸는 것같이 말했다. "어젯밤에도 그리고 오늘 아침에도 구토증이 있었단 말이다!"

앙투안은 아버지가 곁눈질로 자신을 지켜보고 있음을 느꼈다. 그는 초연한 태도를 취했다.

"그러세요?"

"너는 그럼 당연한 걸로 생각하느냐?"

"실은 그렇게 되실 줄 알고 있었습니다." 앙투안은 미소를 지으며 교묘한 말로 피해버렸다. (그는 별로 애쓰지 않고 자기의 역할을 해나가고 있었다. 다른 환자의 경우에는 어느 누구에게도 이렇게 잘 참고 동정을 베푼 적이 없었다. 그는 매일, 더구나 아침저녁으로 와보곤 했다. 그때마다 싫증도 안 내고 그럴듯한 구실을 만들어내면서 붕대를 다시 감아주는 정도로 그치곤 했다. 그리고 그때마다 언제나 자신 있는 어조로 한결같이 안심시키는 말을 되풀이했다. "그렇지만 아버지, 이제는 젊은 사람의 위장하고는 다르지 않겠어요! 벌써 그럭저럭 여덟 달 동안 물약이다 가루약이다 약만 계속 드셨으니까요. 진작 탈이 나지 않은 것만도 다행스럽게 여기셔야지요!")

티보 씨는 잠자코 있었다. 그는 무슨 생각에 잠긴 듯했다. 그는 벌써 이런 새로운 생각에 한결 위안을 얻었다. 그리고 책임을 어떤 물건이나 어떤 사람에게로 돌릴 수 있어서 퍽 마음이 놓였다.

"그래" 티보 씨는 소리도 안 내고 그 큰 손을 마주 잡으며 말했다. "저것들이 나에게 별별 약을 다 먹여서… 아이고, 내 다리야! …저것들이 글쎄 …저것들이 내 위를 망쳐놓았어! …아이고!"

고통이 너무나 갑작스럽고 너무나 심했기 때문에 눈 깜짝할 사이에 얼굴의 모든 표정이 일그러졌다. 그는 상체를 옆으로 비스듬히 했다. 그리고 세린 수녀와 앙투안의 팔에 기대면서 다리를 쭉 뻗고는 찌르는 듯한 고통을 참고 있었다.

"네가 말한 적이 있지…. 테리비에의 혈청이… 좌골 신경통에 효과가 있을 거라고!" 그는 울부짖다시피 했다. "그런데 말해봐. 이게 나은 거냐?"

"물론이지요." 앙투안은 냉담하게 대답했다.

티보 씨는 앙투안 쪽으로 얼빠진 듯한 눈길을 보냈다.

"화요일부터는 고통이 훨씬 덜하시다고 말씀하셨어요." 세린 수녀가 큰 소리로 말했다. 그녀는 상대방에게 자기 말을 어떻게 해서든지 이해시키려고 큰 소리로 불쑥 말하는 습관이 있었다. 그리고 이 기회를 놓치지 않으려고 타피오카 수프를 한 술 환자 입속으로 흘려 넣었다.

"화요일부터라고?" 노인은 열심히 생각해내려고 애쓰면서 중얼거렸다. 그러고 나서 입을 다물어버렸다.

앙투안은 가슴이 미어지는 것을 느끼며 홀쭉해진 아버지의 얼굴을 아무 말 없이 바라보고 있었다. 턱의 근육은 축 처지고 속눈썹을 끔벅거리고 있는 아버지의 모습에서 자신을 이겨내려는 의지를 엿볼 수 있었다. 이 가련한 노인은 자기가 완쾌될 수 있다는 사실만을 믿고 싶어 했다. 그리고 사실 지금까지 그것을 의심해본 적이 없었다. 잠시 한눈을 파는 사이에 우유 한 숟가락이 입속으로 들어갔다. 그는 이제 도저히 참을 수 없다는 듯이 세린 수녀를 밀쳐버렸다. 그녀는 결국 양보하고는 노인의 턱받이를 끌러주었다.

"저것들이 내 위를 망-망쳐버렸단 말이야." 그는 수녀가 턱언저리를 닦아주는 동안 되풀이했다.

그러나 그녀가 쟁반을 들고 나가자 그는 마치 아들과 둘만의 시간을 기다렸다는 듯이 한쪽 의자 팔걸이에 몸을 기대며 은밀한 미소를 띠었다. 그러고는 아들에게 더 가까이 와서 앉으라는 눈짓을 했다.

"훌륭한 색시야, 저 세린 수녀는" 하며 그는 확신에 찬 말투로 이야기를 하기 시작했다. "참 훌륭한 색시야. 안 그래, 앙투안? …정말 우리는 저 애에게 얼마나… 얼마나 감사해야 할지 몰라. 그러나 저 애가 속해 있는 수녀원을 생각하면 정말이지… 수녀원장이 나에게 여러 가지로 잘해주려는 마음을 나도 알지. 그러니까 더 그렇단 말이야! 나는 아무래도 마음에 걸려. 나보다 더 손길을 기다리며 고통받고 있는 환자들이 있을 텐데 언제까지나 그 호의를 남용해서야! 그래, 너는 어떻게 생각하니?"

앙투안이 어쩐지 상반되는 대답을 할 것 같아 티보 씨는 손짓으로 대답을 하지 못하도록 막았다. 그리고 기침 때문에 계속 말을 이어가기가 힘든데도 턱을 앞으로 내밀고는 주섬주섬 말을 이어갔다.

"물론 어제오늘 일은 아니지. 그렇지만… 너는 어떻게 생각하는지는 모르지만… 곧… 내 병이 완쾌되면… 저 애를 돌려보내는 것이 좋지 않겠니? 너는 모르겠지만, 언제나 누군가가 곁에 있다는 건 정말 괴로운 일이야! 보낼 수 있게 되면, 어때? 곧 그렇게 하자꾸나!"

앙투안은 대답을 할 용기도 없고 해서 그냥 찬성의 표시만 거듭 보였다. 자신의 온 청춘을 바쳐 싸우면서 얻은 불굴의 권위가 겨우 이 모양이 되었단 말인가! 예전 같으면 이 폭군은 귀찮기만 한 이 간호사를 변명의 여지도 없이 쫓아버렸을 것이다. 그런데 지금은 몸이 늙고 쇠약해져서… 이러한 상황에서 그 육체적인 노쇠는 앙투안이 손끝으로 여러 기관의 쇠퇴를 측정할 때보다도 더 뚜렷이 드러나 보였다.

"벌써 가니?" 앙투안이 일어서는 것을 보고 티보 씨가 말했다. 못마땅해하는 그 말투 속에는 아쉬움과 간청하는 뜻이 깃들어 있었다. 그것은 거의 애정에 가까운 것이었다. 앙투안은 감동하였다.

"죄송합니다." 그는 미소를 지으며 말했다. "오늘은 하루 종일 약속이 있어서요. 저녁때 다시 들르도록 하겠습니다."

그는 아버지를 포옹하려고 가까이 갔다. 이것은 아주 최근에 생긴 습관이었다. 그러나 노인은 고개를 돌려버렸다.

"그래, 가려면 가… 가봐!"

앙투안은 아무 말도 안 하고 방문을 나섰다.

가운데 방에서 유모는 높은 의자에 괴상한 모습으로 앉아 그가 나오기를 기다리고 있었다.

"앙투안, 좀 할 말이 있는데… 수녀 일로 말이야…."

그러나 그는 정말 더 이상 참을 수가 없었다. 외투와 모자를 움켜쥐고 쾅 소리가 나게 문을 닫아버렸다.

베란다 계단에 다다른 순간 온몸에 힘이 빠지는 것 같았다. 그리고 외투를 입으려 했을 때 그는 병사가 행진을 계속하기 전에 무거운 배낭을 들어 올리려다 허리가 휘청거리는 것 같은 느낌이 들었다.

집 밖에서의 삶, 자동차들, 가을바람을 헤치고 가는 사람들의 모습은 그의 마음을 후련하게 했다.

그는 택시를 잡기 위해 걸었다.

3

'이십 분 전이구나' 앙투안은 자동차가 마들렌 성당 시계탑 앞을 지나가자 생각했다. '시간은 꼭 맞춰 왔구나…. 아무튼 그

지도 교수의 꼼꼼하기란 알아주어야지! 아마 벌써 나갈 채비를 하고 기다리고 계실지 몰라.'

필립 박사는 아니나 다를까 서재 문 앞에 서 있었다.

"어, 티보" 하고 그는 투덜대듯 말했다. 그의 날카로운 콧소리는 어딘지 모르게 사람을 깔보는 듯한 느낌을 주었다. "꼭 십오 분 전이군. 자, 가지…."

"네, 가시지요." 앙투안은 쾌활하게 대답했다.

그에게는 필립 박사를 따라가는 것이 언제나 유쾌한 일이었다. 그는 이 년 동안 계속 박사 밑에서 일해왔다. 그리고 매일매일 이 대선배와 친숙하게 지내왔다. 이후로 그의 소속이 바뀌었지만 그래도 그는 계속 이 스승과의 접촉을 유지해왔다. 그 뒤에도 그에게는 누구 하나 이 지도 교수를 대신해줄 만한 사람은 없었다. 모두들 앙투안을 보면 '필립 박사의 제자 티보'라고 불렀던 것이다. 분명 그는 필립의 제자였다. 그뿐만 아니라 그의 후계자이기도 하고 정신적인 아들이기도 했다. 그러면서도 동시에 가끔은 그의 보조자가 되기도 했다. 노련함에 대한 젊음이요, 신중함에 대한 대담성이자, 기꺼이 위험을 무릅쓰는 정신의 보조자였던 것이다. 이렇게 칠 년 동안에 걸쳐 직업적인 협력과 우정으로 다져진 두 사람의 관계는 이제 절대적인 것이 되었다. 필립 박사 곁에 있으면 앙투안은 자기도 모르는 사이에 자신의 인격이 수정되고 양적으로 줄어드는 인상을 받는 것이었다. 그리고 지금까지 독립적이고 완전한 존재였던 그는 곧 보호받는 입장이 되고 마는 것이었다. 그렇다고 그런 것이 그에게 불쾌감을 주는 것은 아니었다. 대선배에 대한 애착은 그의 자부심이 충족됨에 따라 더욱 굳어졌다. 곧 남들이 인정하는 교수로서의 자질, 그리고 가끔 남들에게서 듣는 까다롭다는 평판은 앙투안으로 하여금 이 선배에 대한 친근감을 더욱 가치 있게 만들었던 것이다. 스승과 제자가 함께 있을 때 거기에는 언제나 푸근한 온기가 감돌았다. 두 사람의 견해로는 인류의 대부분은 확실히 무감각한 무리들이나 무능력한 자들로 구성되어 있었다. 하지만 자기들만은 운 좋게 일반 법칙에서 빠져나올 수 있었다고 생각했다. 평소에는 그리 개방적이 아닌 박사가 앙투안에게 자기의 속 이야기를 하며 기분을 푸는 태도, 재담을 하고는 그것을 강조하려는 미소와 눈길, 또 웬만큼 익숙해 있지 않으면 알아들을 수 없는 그의 독특한 말투 등, 이 모든 것이 필립 박사가 마음 놓고 이야기를 나눌 수 있는 상대가 앙투안밖에 없으며 앙투안만이 정확히 그를 이해해준다는 것을 입증해주는 것 같았다. 그들 사이에 의견이 맞지 않는 일은 아주 드물었다. 있다 하더라도 그것은 언제나 같은 원인 때문이었다. 앙투안은 가끔 필립 박사에 대해서 박사가 자신에게 속고 있다는 사실, 또 회의주의자인 박사가 즉흥적으로 생각해내어 별로 대수롭지 않은 일을 대단한 것으로 판단해버리는 그런 점을 비난하기도 했다. 또 둘이 처음에는 의견의 일치를 보았다가도 필립 박사는 갑자기 뒤집어엎는 버릇이 있었다. 그래서 둘이 그때까지 논쟁했던 것이 우습게 되어버린 때도 있었다. 그는 곧잘 다음과 같이 말하곤 했다. "각도를 달리해서 보면 지금까지 우리들이 생각한 것은 결국 바보 같은 이야기란 말이야." 이러한 견해는 다음과 같이 귀착되곤 했다. "곧 그런 것들은 생각해봤자 별게 아니야. 단정이란 전혀 의미가 없거든." 그럴 때 앙투안은 불끈 화를 내곤 했다. 이런 태도는 그에게는 실로 용서할 수 없는 일이었다. 그런 일을 그는 육체적인 질병과도 같이 고통스러워했다. 최근에 와서는 실례가 안 되게 박사를 슬그머니 따돌리고는 재빨리 자기 일에 몰두할 때도 있었다. 그것은 자신이 활동해나가는 데에서 유익한 일에 파묻힘으로써 마음의 평정을 되찾기 위해서였다.

층계참에서 두 사람은 급히 의논할 일이 있어서 박사를 만나러 오는 테리비에를 만났다. 테리비에는 앙투안보다도 선배이며 전에 같이 박사의 조수를 했는데, 지금은 일반 의료 사업에 종사하고 있었다. 그리고 지금 티보 씨를 치료하고 있는 사람이 바로 테리비에였다.

필립 박사는 발걸음을 멈추었다. 앞으로 몸을 약간 숙이고 두 손은 늘어뜨린 채 야윈 몸이 헐렁한 옷에 휘감겨 있는 박사의 모습은, 무대 뒤에서 줄로 조종하는 것을 깜빡 잊어버린 키 큰 꼭두각시 같았다. 한편 테리비에는 뚱뚱하고 작은 몸집에 언제나 몸을 움직였는데, 금세 웃기라도 할 것 같은 그의 모습은 박사와 흥미로운 대조를 보여주었다. 햇살은 층계참의 창에서 이 두 사람을 정면으로 비추고 있었다. 그리고 한 발자국 뒤에 있던 앙투안은 자기가 누구보다도 더 잘 알고 있는 그들을 어쩌다 갑자기 새로운 눈으로 보게 된 것처럼 관심을 갖고 박사를 흥미 있게 바라보았다. 바로 그 순간에 필립 박사는 우뚝 솟은 눈썹 밑에 가려져 있는 밝은 두 눈의, 찌르는 듯하고 평상시와 다름없이 거리낌 없는 눈초리로 테리비에를 응시했다. 턱수염은 회색빛이 되었으나 눈썹은 여전히 검었다. 그 턱수염이란 것이 끔찍한 염소털 같아서 마치 붙여놓은 수염 같았고,

더구나 너덜너덜하게 붙어 있어서 마치 술 장식 따위가 턱을 덮고 있는 듯했다. 박사의 이런 모든 것이 상대를 불쾌하게 하고 또 조바심 나게 하기 위해 만들어진 것 같은 느낌을 주었다. 구질구질한 옷차림, 무뚝뚝한 접대, 그 몸짓, 너무나 길고 붉은 코, 피리를 부는 듯한 호흡 소리, 헤벌쭉 벌린 입모습, 거기에 주름지고 항상 젖어 있는 입술. 입술에서는 쉰 듯한 콧소리가 나오고, 그 소리는 이따금 풍자나 신랄한 말을 내뱉기 위해 지어내는 목소리처럼 높아졌다. 그럴 때면 수북한 눈썹 밑으로 원숭이 같은 눈이 빛나는 것이었다. 그것은 어디까지나 고독하면서도 어느 누구와도 나누려고 하지 않는 쾌락의 광채였다.

그러나 아무리 처음 대하기가 거북하더라도, 필립 박사에게 등을 돌리는 사람은 초면인 사람 아니면 보잘것없는 사람들뿐이었다. 사실 어떤 임상 의사도 그만큼 환자로부터 호의를 얻지 못했고, 어떤 선생도 그처럼 동료들의 인정을 받고 학생들로부터 인기를 얻지 못했으며, 또 병원의 말 많은 젊은 후배들로부터 박사만큼 존경을 받는 사람이 없다는 사실을 앙투안은 알고 있었다. 그의 가장 신랄하고도 재치 있는 말은 삶과 인간의 어리석음에 공격을 가하는 것이었다. 그의 그런 말 때문에 상처를 받는 사람은 어리석은 자들뿐이었다. 그가 자신의 일을 수행해나가는 것을 보면 충분히 그의 인간됨을 알 수 있었다. 곧 인색함이나 남을 깔보는 기색이 전혀 없는 뛰어난 지성의 소유자일 뿐만 아니라, 날마다 눈에 띄는 일들도 몸을 아끼지 않고 호되게 밀어붙이는 정열적인 감수성의 소유자이기도 했던 것이다. 그리고 그가 신랄하게 비꼬는 말을 해도 사람들은 그것이 우울증에 대한 용감한 저항이고 꾸밈없는 동정심의

이면에 지나지 않는다는 것을 알고 있었다. 그리고 바보스러운 사람들의 원한을 사는 신랄한 독설도 결국 그의 철학에서 나오는 흔한 일이었다는 것을 알게 되었다.

앙투안은 두 사람의 이야기를 건성으로 듣고 있었다. 테리비에가 맡은 환자에 관한 이야기였는데, 그 전날에 필립 박사가 진찰을 하러 갔었다. 꽤 중환자였다. 테리비에는 자기 생각에 집착하고 있었다.

"그건 안 돼." 박사가 단호하게 말했다. "이것 보게, 나는 겨우 일 센티미터 육면체라고 생각해. 아니면, 그 반쯤이야. 그것도 두 번에 나누어서 말이야." 이러한 온건한 권고에 상대가 뚜렷하게 반대의 기세를 보이며 흥분하자, 박사는 그의 어깨 위에 침착하게 손을 얹고서 콧소리를 내며 말했다.

"여보게 테리비에, 환자가 이 상태에 이르면 그 머리맡에는 오직 두 힘만이 싸우고 있는 거라네. 곧 자연력과 질환이지. 의사는 들어와서 그저 대충 두들겨보는 거야. 뒷면이 나오나 아니면 정면이 나오나 하고 말이야. 만일 질환에 적중하면 정면이야. 그러나 자연력에 이르면 그것은 뒷면이고, 그래서 환자는 moriturus*. 이것 보게, 삶이란 이런 놀이와 같은 걸세. 인간은 누구나 우리 나이쯤 되면 조심성이 생기지. 곧 너무 강하게 두들기지 않으려고 애쓴다네." 그는 끈적거리는 침을 삼키면서 얼마 동안 꼼짝 않고 서 있었다. 박사는 눈만 끔벅이면서 테리비에의 눈을 바라보고 있었다. 드디어 올려놓았던 손을 떼더니 앙투안 쪽을 보며 장난기 어린 눈짓을 했다. 그러고는 계단

* '죽다, 살지 못하다'라는 뜻의 라틴어.

을 내려오기 시작했다.

앙투안과 테리비에도 그의 뒤를 쫓아 같이 계단을 내려왔다.

"아버지는 어떠신가?" 테리비에가 물었다.

"어제부터 구토증이 있으셔."

"아…" 테리비에는 이마에 주름살을 짓더니 불만스러운 표정을 띠었다. 잠깐 침묵을 지킨 뒤에 그는 다시 물어보았다. "최근에 다리 쪽을 보지 않았나?"

"아니."

"그저께 보았을 때는 부기가 좀 있던데."

"단백질인가?"

"정맥염이 아닐까 해. 오늘 저녁 네시부터 다섯시 사이에 갈까 하는데, 자네 있을 거지?"

필립 박사의 자동차는 문 앞에서 기다리고 있었다. 테리비에는 작별 인사를 하고 뛰다시피 가버렸다.

'택시 타며 써버리는 돈으로' 앙투안은 생각했다. '자가용 소형차라도 사는 것이 나을 것 같은데….'

"티보, 어느 쪽으로 갈까?"

"생 오노레 교외까지요."

박사는 추운 듯이 차 속에 움츠리고 앉아 있었다. 그리고 운전사가 시동을 걸기도 전에 물었다.

"급한 대로 대강 이야기를 해보게. 환자는 정말 절망 상태인가?"

"절망적입니다. 달수를 채우지 못하고 태어난 올해 두 살이 되는 여자애인데요, 언청이고 입천장이 선천적으로 갈라져 있어요. 올봄에 에케 자신이 그 애를 수술했습니다. 그 밖에 심장의 기능이 불완전해요. 게다가 또 설상가상으로 갑자기 급성 중이염을 일으켰습니다. 시골에 가 있을 때의 일이지요. 어쨌든 그들 부부에게는 외동딸이랍니다…."

창밖으로 지나가는 거리의 모습을 물끄러미 바라보고 있던 박사는 동정 어린 한숨을 내쉬었다.

"…더구나 에케의 아내는 임신 칠 개월입니다. 그것도 대단히 어려운 임신이고요. 그 점 그녀도 매우 신중하지 못한 것 같습니다. 간단히 말해서, 또 다른 사건을 미리 방지하기 위해 에케는 아내를 파리 근교 메종 라피트에 가 있게 했답니다. 마침 에케 백모伯母가 빌려준 집이지요. 저는 그 사람들이 동생의 친구라서 자연히 알게 되었습니다. 중이염은 그곳에서 생겼어요."

"언제 일이지?"

"그건 모르겠습니다. 유모도 아무 말 없었습니다. 전연 몰랐나 봅니다. 곁에서 간호하던 그 애 어머니도 처음에는 전혀 몰랐답니다. 마침내 토요일 밤에서야…."

"그럼 그저께란 말이지?"

"그렇습니다. 에케는 언제나처럼 주말을 그곳에서 보내려고 갔는데, 도착 즉시 딸이 중태인 것을 알았지요. 그는 앰뷸런스를 빌려 그날 밤으로 아내와 아기를 데리고 파리로 돌아왔습니다. 파리에 도착하자마자 저한테 전화를 주었어요. 저는 일요일 아침 일찍 그 애를 보았습니다. 저는 미리 이비인후과의 랑크토를 대기시켜 놓았지요. 벌써 여러 가지 병발증을 발견했습니다. 유양돌기염에다 측방 정맥두염이 겹쳐 있었습니다. 어제부터 우리는 온갖 치료를 다했지요. 그러나 아무런 효과가 없습니다. 병세는 시시각각으로 악화되어가고 있습니다. 오늘 아침에는 뇌막염 증세가 나타났고요…."

"수술은?"

"불가능할 것 같습니다. 어젯밤 에케가 부른 페쇼도 그렇게 생각했습니다. 심장 상태가 도저히 수술을 이겨내지 못할 것 같습니다. 지금 그 고통을 덜어줄 수 있는 방법은 얼음밖에 없습니다. 그 무서운 고통을 말입니다."

박사는 여전히 먼 곳을 바라다보면서 다시 긴 한숨을 내쉬었다.

"저희들은 여기까지 치료를 했습니다." 앙투안은 걱정스러워하며 말했다. "지금부터를 선생님께 부탁드리고 싶습니다." 그리고 그는 잠시 뒤에 말을 계속했다. "실은 솔직히 말씀드려, 한 가지 희망이 있다면 우리들이 도착하는 것이 늦어져서… 모든 게 끝났으면 하는 것입니다."

"에케가 착각하고 있는 것은 아니겠지?"

"오, 아닙니다!"

박사는 잠시 입을 다물었다. 그는 손을 앙투안 무릎에 얹었다.

"티보, 그렇게 단정적인 말을 하는 게 아닐세. 물론 에케는 의사의 처지에서 볼 때 이제 바랄 것이 없다는 것을 **알고** 있을 테지. 그러나 아버지의 처지에서는… 인간은 사태가 중하면 중할수록 어떻게 하든지 자기와 숨바꼭질을 하고 싶어 하는 거라네…." 그는 얼굴을 찌푸리며 달관한 듯한 미소를 띠었다. 그리고 코맹맹이 소리로 이렇게 말했다. "다행스런 일이야, 안 그래? …다행히도…."

4

에케는 사층에 살고 있었다.

승강기 소리가 나자 현관문이 열렸다. 두 사람을 몹시 기다리고 있었던 것이다. 유태인의 인상을 강하게 풍기는 검은 수염의 뚱뚱하고 흰 양복을 입은 한 남자가 앙투안의 손을 잡았다. 앙투안은 그를 박사에게 소개했다.

"이자크 스튀들레입니다."

전에 의과 대학생이었던 그는 그 뒤 의학은 포기했으나 그래도 의학 관계의 여러 모임에는 얼굴을 나타내고 있었다. 앙투안은 옛 친구인 에케에게 맹목적인 사랑의 정과 동물적인 애착을 쏟고 있었다. 에케가 돌아왔다는 전화를 받고 어린것의 머리맡에 같이 있기 위해 만사를 제쳐놓고 달려온 것이다.

문이란 문은 모두 열어젖힌 에케의 아파트는 봄에 정리한 그대로인 채 어딘지 스산했고, 커튼이 없기 때문에 대신 블라인드가 내려 있었다. 사방에 전등이 켜져 있었고, 방마다 가운데에는 천장 등의 밝은 불빛 아래 흰 시트에 덮인 가구들이 놓여 있어서 마치 아기 관棺들처럼 보였다. 에케에게 알리기 위해 스튀들레는 두 사람을 남겨두고 나갔다. 응접실 마룻바닥 위에는 별로 물건이 차 있지 않은, 반쯤 열린 트렁크 주위로 여러 가지 물건들이 잡다하게 흩어져 있었다.

바람결에 문이 열렸다. 이어서 아름다운 금빛 머리를 풀어헤친, 가운 차림의 젊은 여자가 몹시 불안해하며, 무거운 걸음걸이였지만 있는 힘을 다해 급히 달려왔다. 그녀는 한쪽 손으로 배를 누르고 다른 손으로는 넘어지지 않게 가운 자락을 걷어 올리고 있었다. 호흡이 거칠어 그녀는 말을 할 수 없었다. 그녀의 입술이 떨리고 있었다. 성큼성큼 필립 박사 쪽으로 걸어온 그녀는 눈물 어린 큰 눈으로 무언의 애원을 하며 박사의 얼굴을 바라보았다. 박사는 인사하는 것조차 잊고 있었다. 박사는 그녀를 부축해서 안정시켜 주기라도 하려는 듯이 기계적으로 두 손을 내밀었다.

그때 마침 현관문 쪽에서 에케가 불쑥 나타났다.

"니콜!"

그의 목소리는 노여움에 떨고 있었다. 창백한 얼굴을 찡그린 채 옆에 박사가 있는 것은 아랑곳도 하지 않고 재빨리 여자 쪽으로 뛰어가 그녀를 움켜잡고는 마구 흔들어댔다. 그리고 믿어지지 않을 만큼 힘차게 그녀를 팔에 안았다. 그녀는 흐느껴 울면서 몸을 맡겼다.

"문을 열어주게." 하고 그는 마침 도와주려고 뛰어온 앙투안에게 속삭이듯 말했다.

앙투안은 그들의 뒤를 쫓아가며 여자의 머리를 받쳐주었다. 뒤로 고개를 젖힌 니콜의 입에서 하소연하듯 중얼거리는 소리가 들려왔다. 그는 띄엄띄엄 내뱉는 말을 알아들을 수 있었다. "당신은 절대로 나를 용서하시지 않을 거예요…. 모두 내 잘못이에요, 모두가… 나 때문에 저 애는 저런 병신으로 태어난 거예요…. 당신은 오래전부터 나를 원망해왔고요! …그리고 이번에도 역시 내가 나빴어요…. 만일 내가 알아서 곧 손을 썼더라면…." 그들은 방으로 들어왔다. 앙투안은 흐트러진 커다란 침대를 보았다. 그녀는 절대로 나오지 말라는 금족령에도 불구하고 의사가 도착하는 틈을 타서 침대에서 뛰쳐나온 것이 틀림없겠지?

그녀는 앙투안의 손을 잡고 절망적으로 그에게 매달렸다.

"제발 부탁이에요…. 펠릭스는 나를 더 이상 용서해주지 않을 거예요…. 그이는 이제 나를 용서해줄 것 같지 않아요, 만일… 무슨 수라도 써주세요! 저 애를 살려주세요. 제발 부탁이에요!…"

남편은 그녀를 조심스럽게 옆으로 눕히고 이불을 덮어주었다. 그녀는 앙투안의 손을 놓았다. 그리고 아무 말도 하지 않았다.

에케는 그녀 위로 몸을 굽혔다. 앙투안은 두 사람의 눈길을 보고는 놀랐다. 아내의 눈길은 넋을 잃고 어쩔 줄 모르고 있는 반면에 남편의 눈초리는 냉혹했다.

"일어나면 안 돼, 알겠지?"

그녀는 눈을 감았다. 그러자 남편은 몸을 좀 더 굽혀 입술로 가볍게 그녀의 머리를 애무했다. 그리고 약속을 지킬 것을 다짐받은 다음 미리 용서라도 해주듯이 감은 눈 위에 키스를 했다.

그러고 나서 그는 앙투안을 앞세우고 방을 나왔다.

스튀들레가 모시고 간 박사를 어린애 곁에서 그들이 다시 보았을 때, 박사는 이미 모닝코트를 벗어버리고 대신 하얀 진찰복으로 갈아입은 뒤였다. 박사는 마치 이 아기와 자기밖에는 없는 것처럼 침착하고도 무표정한 얼굴이었다. 이미 어떤 치료를 해도 효과가 없다는 것을 알면서도 그는 세밀하고 조직적인 관찰을 시도하고 있었다.

에케는 아무 말도 없이 손을 부들부들 떨며 박사의 얼굴을 살피고 있었다.

진찰은 십 분쯤 걸렸다.

진찰이 끝나자 박사는 고개를 들고 눈으로 에케를 찾았다. 에케는 마치 딴사람같이 되어 있었다. 침울한 얼굴에, 바람과 먼지로 인해 메말라버린 듯 붉게 오므린 눈썹 사이로 응결된 두 눈이 보였다. 그의 무감각한 모습은 어쩐지 비통해 보였다. 박사는 그를 흘끗 보고는 이제 겉으로 아무리 얼버무리려 해도 아무 소용이 없다는 것을 깨달았다. 박사는 동정심에서 일러주려고 했던 새로운 처방들도 즉시 그만두기로 했다. 그는 덧옷을 벗고 재빨리 손을 씻었다. 그리고 간호사가 입혀주는 모닝코트에 팔을 끼며 아기의 침대는 거들떠보지도 않고 그냥 방을 나가버렸다. 에케가 박사를 따라 나간 뒤에 앙투안도 뒤를 따랐다.

현관 앞에 선 채 세 사람은 묵묵히 서로를 바라보았다.

"이렇게 오셔서 진찰해주신 것만으로도 감사드립니다." 에케가 말했다.

박사는 애매한 몸짓으로 어깨를 흔들었다. 그의 입술에서는 알아들을 수 없는 중얼거리는 소리가 흘러나왔다. 에케는 안경 너머로 그러한 박사의 모습을 바라다보고 있었다. 에케의 표정은 점차로 준엄하고 비웃는 듯했으며 증오심에 차 있는 듯이 보였다. 그러나 그런 오기와도 같은 표정은 곧 사라지고 변명이라도 하듯 그가 중얼거렸다.

"불가능하다는 것을 뻔히 알면서도 체념할 수는 없어서지요."

박사는 무슨 말인가를 하려다가 그만두었다. 그리고 천천히 걸려 있던 모자를 들었다. 그러나 박사는 나가지 않고 에케 쪽으로 다가가 잠시 멈칫하더니 그의 팔에 자기 손을 얹었다. 다시 침묵이 흘렀다. 이윽고 박사는 정신이 든 듯 뒤로 물러서더니 가벼운 기침을 한번 하고는 결심한 듯이 방을 나갔다.

앙투안은 에케에게 다가갔다.

"오늘은 내 진찰 날이야. 오늘 밤 아홉시쯤에 다시 올게."

에케는 꼼짝도 하지 않은 채 방금 필립 박사와 함께 그의 마지막 희망이 사라져간, 열려 있는 문을 멍청히 바라보고 있었다. 그는 알았다는 듯이 그냥 고개만 끄덕였다.

필립 박사는 앙투안을 데리고 아무 말 없이 재빨리 층계를 내려왔다. 그러더니 발길을 멈추고 반쯤 몸을 돌려 뒤를 바라다보며 시냇물 소리와도 같은 침 삼키는 소리를 냈다. 그는 여느 때보다도 더 큰 콧소리를 내며 이렇게 말했다.

"어쨌든 처방이라도 써줄 걸 그랬나? Ut aliquid fieri videatur*…. 그러나 정말 그렇게 할 수는 없었네." 그는 잠자코 몇 계단을 더 내려갔다. 그리고 이번에는 뒤도 돌아보지 않고 중얼거렸다.

"어쨌든 자네 말처럼 낙관적인 것은 아닐 걸세, 나로서는… 그저 하루나 이틀 정도 끌 수 있겠지."

매우 어두컴컴한 계단 아래까지 내려온 두 사람은 마침 그곳으로 들어오던 두 명의 부인과 마주쳤다.

"어머나, 티보 씨!"

* '적어도 무엇인가 해주었다는 성의만이라도 보이게'라는 뜻의 라틴어.

앙투안은 퐁타냉 부인임을 알아보았다.

"어때요?" 부인은 되도록 불안한 기색을 보이지 않으려 애쓰며 상냥한 목소리로 물었다. "소식을 듣고 지금 막 오는 길인데."

앙투안은 대답 대신 천천히 고개를 흔들어 보였다.

"어머나, 아니에요! 어떻게 그럴 수가!" 부인은 앙투안의 그러한 태도를 보고 빨리 악운을 쫓아내려는 듯 나무라는 투로 외쳤다. "신뢰를, 신뢰를 가져야 해요, 선생님! 그런 일은 있을 수 없어요! 그렇지 않니, 제니야?"

이때 비로소 앙투안은 뒤에 물러서 있는 소녀를 알아보았다. 그는 재빨리 무례함을 사과했다. 소녀는 거북한 듯 우물쭈물하더니 그에게 손을 내밀었다. 앙투안은 소녀가 당황해하고 있으며 신경질적으로 눈꺼풀을 깜박이고 있음을 엿볼 수 있었다. 그러나 제니가 사촌언니 니콜을 끔찍이 사랑하고 있음을 아는 터라 별로 놀라지는 않았다.

'이상하게 변했군.' 속으로 생각하며 그는 박사의 뒤를 따라갔다. 이미 오래전의 일이지만, 지금 그의 기억 속에는 어느 여름날 저녁에 정원에서 화려한 옷을 입고 있던 처녀의 모습이 떠올랐다. 이렇게 그녀를 만난다는 것이 그에게 고통스러운 감정을 불러일으켰다. '자크라 해도 역시 그 애를 몰라보았을 게 틀림없어' 하고 그는 생각했다.

필립 박사는 침울한 표정으로 자동차 안에 몸을 웅크린 채 앉아 있었다.

"나는 학교로 갈 테니까" 박사가 말을 꺼냈다. "도중에 자네를 집 앞에서 내려주겠네."

차를 타고 가는 내내 박사는 말이 없었다. 그러나 위니베르시테가街 모퉁이에 이르러 앙투안이 작별 인사를 했을 때, 박사는 허탈한 상태에서 깨어난 듯했다.

"사실은, 티보… 자네는 언어 기능 발달이 불완전한 사람에 대해 어느 정도 전문의라서… 얼마 전에 자네한테 에른스트 부인을 보냈는데…"

"오늘 만나기로 했습니다."

"대여섯 살 된 사내아이를 데리고 갈 걸세. 갓난애같이 단음절로 된 말밖에 못 한단 말이야. 전혀 발음이 안 되는 음도 있는 것 같아. 그러나 기도를 하라고 하면 곧 무릎을 꿇고 **하늘에 계신 우리 아버지**로부터 시작해서 끝까지 완전한 발음으로 읊어대니 말이야. 다른 점에서는 꽤 영리한 애 같더군. 자네한테도 매우 흥미로운 환자일 걸세…."

5

문에서 주인의 열쇠 소리가 들리자 레옹이 곧 모습을 나타냈다.

"바탱쿠르 아가씨가 오셨는데요…." 그는 항상 하는 버릇대로 좀 의심하는 듯한 태도를 취하며 덧붙여 말했다. "가정 교사 같아 보이는 여자분과 함께 오셨습니다."

'바탱쿠르 아가씨가 아니야' 하고 앙투안은 레옹이 물러가자 혼자 생각했다. '그 여자는 이십 세기 백화점 주인 구피요의 딸이지….'

그는 칼라와 윗도리를 갈아입기 위해 방으로 들어갔다. 옷치레에 무척이나 신경을 썼다. 그래서 옷차림이 퍽 단정했다. 서재에 들어선 그는 한눈으로 훑어보면서 모든 것이 깔끔히 정돈되어 있는지를 눈으로 확인했다. 그런 다음 부푼 마음으로 오후의 일과를 시작하기 위해 힘차게 커튼을 걷고 응접실 문을 열었다.

날씬한 젊은 부인이 일어섰다. 그는 그녀가 이미 지난봄에 바탱쿠르 부인과 자기 딸을 데리고 함께 온 적이 있는 영국 부인임을 곧 알아보았다. (그의 기억력은 자신이 생각했던 것보다도 더 확실해서 잠깐 동안이지만 곧 그 당시의 인상 깊었던 일을 생각해낼 수 있었다. 진찰을 끝내고 책상에 앉아 처방을 쓰고 있었는데 우연히 창가에 얇은 옷을 입고 나란히 서 있는 두 부인, 곧 바탱쿠르 부인과 영국 부인 쪽으로 시선이 가게 되었다. 그는 아름다운 안Anne의 시선에 비친 광채, 그리고 가정 교사의 부드러운 관자놀이 위로 흘러내린 머리카락을 그녀가 맨손가락으로 애무하듯 걷어올리던 광경을 잊을 수가 없었다.)

영국 부인은 수줍은 듯 머리를 숙이고는 이가씨를 앞세우고 다가왔다. 그들이 들어오도록 몸을 비켜섰던 앙투안은 그 순간 정장을 한 두 젊은 여인에게서 풍겨 나오는 향기로운 냄새에 감싸였다. 두 여자 모두 금발에다 늘씬한 몸매였고 피부색은 눈부셨다. 위게트는 팔에 외투를 들고 있었다. 고작 열세 살도 안 되었을 텐데, 어찌나 키가 큰지 짧고 소매 없는 어린애 드레스를 입고 있는 것이 눈길을 끌었다. 게다가 여름내 멋지게 태운 살갗을 그대로 내놓고 있는 것을 보고 앙투안은 놀라지 않을 수 없었다. 짙은 금발 머리는 움직이는 고리 모양으로 땋아져 있었고, 애매한 미소와 눈동자의 움직임이 약간 느린 큰 눈이 어쩐지 우울해 보이는 얼굴이었지만 그런대로 명랑한 인상을 풍겼다.

영국 부인은 앙투안 쪽으로 몸을 돌렸다. 그리고 새가 지저귀는 듯한 듣기 좋은 프랑스어로, 부인은 지금 시내에서 식사를 하고 있는데 그리로 차를 보내달라고 해서 보냈기 때문에 곧 올 것이라고 애써 설명할 때, 그녀의 청순한 얼굴빛은 광대뼈 주위가 심히 붉어졌다.

앙투안은 위게트 쪽으로 다가가서 그녀의 어깨를 가볍게 치며 밝은 쪽으로 몸을 돌리게 했다.

"자, 어디가 안 좋으시지요?" 그는 지나가는 말처럼 물었다.

소녀는 고개를 저으며 마지못해 웃었다.

앙투안은 재빨리 입술, 잇몸, 눈빛을 살펴보았다. 그러나 그의 속마음은 거기에 있지 않았다. 그는 조금 전 응접실에 있을 때 이 소녀의 태도에서, 천성적으로 아주 얌전한 것 같지만 어딘지 모르게 부자연스럽게 의자에서 일어나던 모습을 보았던 것이다. 그리고 얼핏 보아서는 알 수 없는 어색한 몸짓으로 자기 쪽으로 걸어오는 것을 목격했고, 그가 그녀의 어깨를 쳤을 때 얼굴을 찡그리며 멈칫 뒤로 물러서는 동작도 똑똑히 보았던 것이다.

그가 소녀를 진찰하는 것은 이번이 두 번째에 불과하다. 그는 그 가정의 단골 의사는 아니었다. 아름다운 바탱쿠르 부인이 올봄에 딸의 전반적인 건강 상태에 대해 진찰을 받기 위해 갑자기 앙투안에게 온 것은 분명 부인의 남편이자 자크의 옛 친구인 시몽 드 바탱쿠르의 권유에 따른 것 같았다. 그때 부인의 말로는 딸이 너무 조숙한 성장 때문에 피곤해 있다는 것이었다. 그 당시에 앙투안의 진찰 결과로는 이렇다 할 병의 증상을 찾아볼 수 없었다. 그러나 전반적인 건강 상태가 의심스러우므로 엄격한 건강 관리가 요망된다고 당부했으며, 매달 한 번씩 소녀를 데리고 올 것도 당부했었다. 그러나 그 뒤로 소녀는 단 한 번도 온 적이 없었다.

"자" 그가 말했다. "옷을 모두 벗어주셨으면…."

"메리 양" 하고 위게트가 영국 부인을 불렀다.

앙투안은 책상에 앉아 되도록 태연한 체하면서 지난 유월의 진찰 기록을 살펴보았다. 역시 별다른 징후는 발견해낼 수 없었다. 그러나 한 가지 미심쩍은 점이 그의 뇌리를 떠나지 않았다. 이제까지 그는 가끔 그런 인상에 의해 잠복해 있는 병원病源을 찾아낸 적이 있기는 하지만, 그렇다고 지나치게 서둘러 결정을 내리는 일은 삼가왔다. 그는 봄에 찍은 엑스레이 사진을 펼쳐 천천히 살펴보았다. 그리고 의자에서 일어났다.

방 한가운데에서는 위게트가 안락의자의 팔걸이에 걸터앉아 영국 부인이 옷을 벗겨주는 일에 귀찮은 듯이 몸을 맡기고 있었다. 어쩌다 그녀가 가정 교사를 도울 양으로 단추나 끈을 풀려고 하면 그게 어찌나 서툴렀던지 영국 부인은 그녀의 손을 물리치곤 했다. 한 번은 영국 부인이 무척 짜증이 났던지 소녀의 손을 찰싹 때리기까지 했다. 부인의 이러한 거친 태도와 그리고 메리의 천사 같은 얼굴에 무엇인가를 숨기고 있는 듯한 낌새로 미루어 보아 그녀가 위게트를 별로 좋아하지 않는다는 사실을 앙투안은 짐작했다. 위게트 역시 그녀를 두려워하는 것 같았다.

앙투안이 가까이 다가갔다.

"자, 고마워요." 그가 말했다. "그 정도면 됐습니다."

소녀는 맑고 푸르른, 그리고 총기가 넘치는 아름다운 눈으로 그를 바라보았다. 왠지 모르게 소녀는 이 의사가 좋아졌다. (의지적이며 항상 무뚝뚝한 표정에도 불구하고 앙투안은 환자들에게 전혀 두려운 느낌을 주지 않았고, 아무것도 모르는 어린애들에게조차도 그러했다. 이마의 주름, 움푹 들어가 긴장감을 주는 시선, 꽉 다물어진 강한 턱, 이런 것들 모두가 환자들에게는 총명함과 힘을 나타내주는 것으로 보였다. 필립 박사는 언제나 신랄한 미소를 띠며 이렇게 말하곤 했다. "환자들이란 결국 단 한 가지만을 바라는 법이야. 진지하게 대해달라는 것이지….")

앙투안은 자세히 청진을 시작했다. 폐에는 아무 이상이 없었다. 그는 필립 박사가 하는 것처럼 체계적으로 해나갔다. 심장에도 이상이 없었다. '척추결핵…' 하고 은밀한 소리가 암시했다. '척추결핵일까…?'

"몸을 숙여요" 그가 불쑥 말했다. "아니, 그보다 나한테 무엇이든 하나 집어줘봐요… 구두를 한번…."

소녀는 등을 뻣뻣이 편 채 무릎을 꿇었다. 좋지 않은 징후였다. 그는 자신의 생각이 틀렸기를 바랐다. 하지만 확실히 알아보려는 욕망을 누를 수 없었다.

"똑바로 서봐요" 하며 그는 다시 말했다. "팔을 모으고, 그렇게, 그리고 몸을 굽혀봐요. 더… 조금 더…."

소녀는 몸을 다시 일으켰다. 귀여운 입술을 천천히 열며 아양 부리듯 미소를 지었다.

"아파요." 소녀는 변명하듯 작은 소리로 말했다.

"좋아요." 앙투안은 말했다. 그는 안 보는 체하면서 소녀를 잠시 주시했다. 그러고는 소녀를 바라보며 웃어 보였다. 소녀가 이렇게 옷을 벗은 채, 한 손에 구두를 벗어 들고 놀란 듯한 눈으로 정답게 그를 보고 있는 모습은 너무나도 귀여워 안아주고 싶을 정도였다. 벌써 서 있기가 피곤했던지 소녀는 의자 등받이에 기대 서 있었다. 매끄럽고 윤기가 나는 하얀 상반신은 어깨, 팔, 둥근 넓적다리를 이루고 있는 잘 익은 살구 같은 살갗을 거무스름하게 보이도록 할 정도였다. 이렇게 볕에 태운 살갗은 뜨겁고 타는 듯한 피부를 연상케 했다.

"자, 여기 누워요." 그는 긴 의자 위에 시트를 펴면서 말했다. 그는 이제 미소를 짓고 있지 않았다. 오히려 다시 불안한 생각이 들었다. "편히 엎드린 다음에… 몸을 쭉 펴요."

이제 결정적인 순간이 온 것이다. 앙투안은 무릎을 꿇고 뒤꿈치로 단단히 허리를 받친 다음 손목이 충분히 나오도록 팔을 쑥 앞으로 내밀었다. 그는 그런 자세로 잠시 마음을 진정시키며, 자기 앞에 반듯이 누워 있는 따따하고 팽팽한 그 등을 어깨부터 허리의 움푹 파인 곳까지 걱정스러운 시선으로 훑어보았다. 그러고 나서 조금 굵고 따뜻한 목줄기 위에 손바닥을 얹고 두 손가락으로 척추 위를 눌러보았다. 그러고는 규칙적인 동작으로 척추 관절을 마디마디 세면서 등줄기를 짚어 내려갔다.

갑자기 소녀는 몸을 떨며 움츠러들었다. 앙투안은 멈칫하며 손을 뗐다. 그때 조금 참는 듯하면서도 웃음이 섞인 목소리가 들려왔다.

"선생님, 아파요!"

"그럴 리가? 어디가?" 그는 소녀의 마음을 풀어주려고 엉뚱한 곳을 짚어보았다. "여기에요?…"

"아니에요."

"그럼 여기는?"

"아니에요."

이번에는 확인하기 위해 의심할 여지가 없는 곳을 눌렀다.

"여기?" 하고 갑작스레 물으며 이상이 있는 척추 부위를 집게손가락으로 짚은 것이다.

소녀는 자신도 모르게 날카로운 비명을 질렀는데, 그것은 곧 어색한 웃음소리로 바뀌었다.

잠시 침묵이 흘렀다.

"저쪽을 봐요." 앙투안은 지금까지와는 달리 부드럽게 말했다.

그는 가슴, 목, 겨드랑이 밑을 차례로 만져보았다. 위게트는 신음 소리를 내지 않으려고 몸을 꼿꼿이 하고 있었다. 그러나 사타구니 위를 눌렀을 때 소녀는 가느다란 신음 소리를 냈다.

앙투안은 몸을 일으켰다. 그는 아무 느낌도 없었다. 하지만 소녀에게서 눈을 피했다.

"이제 다 됐어요." 그는 장난삼아 실쭉해 있는 척하면서 말했다. "정말로 부드러운 몸매군!"

누군가 노크했다. 그리고 곧이어 문이 열렸다.

"선생님, 저예요" 하고 발랄한 목소리가 말했다. 그리고 거만한 걸음걸이로 아름다운 부인이 들어왔다. "실례합니다. 늦어서 면목이 없군요…. 그런데 찾기가 무척 어려운 데서 사시는군요!" 그녀는 웃었다. "그래도 기다리시지나 않으셨길 바라요" 하고 덧붙이며 부인은 눈으로 딸을 찾았다. "감기 안 들리게 조심해야지!" 부인은 좀 쌀쌀맞게 말했다. "메리 양, 미안하지만 어깨에 뭘 좀 걸쳐주겠어요?" 부인의 목소리는 상냥하면서도 낮은 억양을 띠면서 갑자기 거친 울림이 잇따르는 것이었다.

부인은 앙투안 쪽으로 걸어왔다. 그 유연한 몸매는 무척 매혹적이었다. 그러면서도 그 민첩한 행동 뒤에는 어딘지 모르게 쌀쌀한 면이 엿보였는데, 사람을 유혹해보겠다는, 다시 말하면 상냥한 태도로 사람을 유혹해보겠다는 오랜 기간의 습성에 의해 다듬어지고 고쳐진 강한 집념이 드러나 보였다. 몸 주위에서는 공중으로 날아가버리기에는 너무나 무거운 듯한 향내가 풍겼다. 부인은 조금도 어색함 없이 장식 구슬 소리가 나는 밝은색 장갑을 낀 채 손을 내밀었다.

"안녕하세요!"

그녀의 회색 눈빛은 앙투안의 눈 속 깊숙한 곳까지 파고들었다. 앙투안은 반쯤 열린 그녀의 입을 보았다. 밤색 머리가 물결치는 그늘 밑에서 지극히 가는 몇 줄의 주름이 목 언저리에 보일 듯 말 듯한 홈을 이루고 있었고, 눈꺼풀 주위의 피부를 더욱 연약해 보이게 했다. 그는 눈을 돌렸다.

"선생님, 어떻습니까?" 그녀가 물었다. "진찰은 어느 정도까지 하셨어요?"

"저어… 오늘은 모두 끝났습니다" 하고 말하는 앙투안의 입술 언저리의 미소가 굳어졌다. 그리고 메리 쪽을 보며 말했다. "옷을 입히시지요, 아가씨."

"이 애의 건강 상태가 저번보다는 나아지기나 했는지 모르겠군요!" 바탱쿠르 부인은 언제나처럼 햇빛을 등지고 앉았다. "이 애가 말씀을 드렸는지 모르겠습니다…."

앙투안은 세면대 쪽으로 갔다. 그리고 얼굴만 정중하게 바탱쿠르 부인 쪽을 향하고서 비누로 손을 씻기 시작했다.

"…우리들은 이 애 때문에 두 달이나 오스탕드에 가 있었다는 사실을 알고 계신지요? 이것 보세요, 햇볕에 탄 것을! 이 애를 육 주 전에 보셨더라면! 그렇지 않아, 메리?"

앙투안은 곰곰이 생각해보았다. 이번에는 결핵의 증후가 확실히 나타났다. 그것이 소녀의 육체를 뿌리에서부터 해치고 드디어 척추까지 깊이 파먹기 시작했다. 그는 이렇게 말하고 싶었다. '치료될 수 있는 상태인데…' 그러나 그렇게는 생각하지 않았다. 외면적인 증후와는 달리 전반적인 상태가 극히 걱정스러웠다. 신경절의 모든 부분이 부어오른 것이었다. 위게트는 구피요 노인의 딸이었다. 따라서 부패된 유전자가 이 아이의 장래를 심히 위태롭게 할 것이 틀림없었다.

"…이 애가 팔라스 호텔 햇볕 태우기 대회에서 삼등상을 받았다는 사실을 말씀드리지 않았나요? 그리고 카지노에서 상장을 받은 것도?"

부인은 약간 'z' 음을 내며 말했다. 바로 이 점이 그녀의 기막힌 아름다움에 약간의 순진함과 너그러움을 덧붙여주었다. 얼굴이 검기 때문에 더 돋보이는 짙푸른 눈동자는 번쩍이는 강한 빛을 발하고 있었다. 처음 만났을 때부터 그녀는 앙투안 때문에 은근히 조바심을 내고 있었다. 안 드 바탱쿠르는 남자이건 여자이건 간에 선망의 대상이 되는 것을 언제나 좋아했다. 해가 지날수록 그녀에게는 남의 눈길을 끄는 기회가 줄어들었고, 더구나 그러한 즐거움이 플라토닉 한 것에 머물게 될수록 그녀는 그러한 육감적인 분위기를 어디에서건 자기 것으로 만들려고 초조해하는 것 같았다. 앙투안의 태도가 그녀로 하여금 조바심을 느끼게 하는 것은 자기를 바라보는 그의 시선이 욕망으로부터 완전히 벗어난 것 같지 않았기 때문이다. 그런데 그 욕망은 쉽사리 억제될 수 있으며, 게다가 앙투안은 자기 이성의 판단에 따르고 있다는 사실을 부인은 예리하게 간파하고 있었던 것이다.

부인은 이야기를 멈추었다.

"실례하겠어요" 하면서 부인은 깔깔대고 웃었다. "외투를 입고 있으니까 더워서…." 그녀는 의자에 앉은 채 앙투안에게서 눈을 떼지 않고, 목걸이가 소리 나도록 몸을 유연하게 흔들면서 자리를 꽉 메우고 있던 풍성한 털외투를 슬며시 벗었다. 늘씬한 부인의 상체는 더욱 보기 좋게 물결쳤다. 블라우스의 터진 사이로 아직 젊어 보이는, 달리 말하면 정복되지 않은 나긋나긋한 목이 드러나 보였다. 그 위로는 투구형 모자를 쓴 윤곽이 뚜렷한 작은 얼굴이 보라는 듯이 솟아 있었다.

앙투안은 몸을 굽힌 채 천천히 손을 닦으며 생각에 잠겼다. 불안한 모습으로 곧 나타나게 될 뼈의 염증, 그리고 갑자기 엄습해 올 카리에스성 척추 붕괴 등을 계속 생각하고 있었다. 될 수 있는 대로 빨리 유일한 수단을 써야 했다. 곧 몇 달 동안 깁스를 해야 할 것이다. 어쩌면 몇 년이 될지도 모른다….

"선생님, 올여름에 오스탕드는 무척 즐거웠습니다" 부인은 앙투안의 주의를 끌기 위해 더욱 큰 소리로 말했다. "참으로 북

적거렸어요. 정말 대단한 인파였지요. 차라리… 장이 선 것 같았다고나 할까요!" 이렇게 말하며 부인은 웃음 지었다. 그러나 앙투안이 건성으로 듣고 있는 것 같아 보이자 점점 목소리가 작아지더니 잠잠해졌다. 그리고 부인은 위게트에게 옷을 입히고 있는 메리 양에게 상냥한 눈길을 보냈다. 그러나 성격상 언제까지나 옆에서 지켜보고만 있을 수 없는 그녀였다. 항상 무엇인가 간섭을 해야만 했다. 부인은 위게트의 옷깃의 잘못된 주름을 고쳐주려고 의자에서 재빨리 일어나 블라우스를 대강 매만져주었다. 그리고 메리 양 쪽을 보며 다정히 얼굴을 숙이고 낮은 목소리로 말했다.

"메리 양, 허드슨 가게에서 맞춘 옷이 더 나아. 그걸 수지에게 견본으로 보내지…. 자, 똑바로 서봐." 그리고 그녀는 짜증내며 말했다. "얘는 언제나 앉아만 있어서! 그러고만 있으면 옷이 판판하게 됐는지 어떻게 알 수가 있겠어?…" 그리고 유연하게 앙투안 쪽으로 상체를 돌리며 덧붙였다. "선생님, 이 볼품없는 아이가 어찌나 나약한지 상상조차 못 하실 거예요! 언제나 잠시도 가만있지 못하는 나를 생각하면 도무지 답답해 죽겠어요!"

앙투안의 눈은 무엇인가 묻고 싶어 하는 듯한 위게트의 눈과 마주쳤다. 그는 하는 수 없이 알았다는 눈짓을 보내주었다. 그것을 보고 소녀는 미소를 지었다.

'그런데' 하며 그는 속으로 생각했다. '오늘이 월요일이니까 금요일이나 토요일쯤에는 깁스를 해주어야겠군. 그다음은 좀 생각해봐야겠고.'

'그다음이라니?…' 그는 잠시 생각에 잠겼다. 베르크 병원 테라스에 해풍을 받으며 쭉 놓여 있는 여러 개의 '관棺'들, 그 가운데 다른 것보다 조금 긴 이동 침대가 떠올랐다. 베개 없는 매트리스 위에 누워 있는 환자의 얼굴, 그 얼굴에서 막막한 모래 언덕을 멍하니 바라보는 아름답고 푸르고 생기 있는 위게트의 이 두 눈을 상상했던 것이다.

"오스탕드에서는" 하고 소녀의 게으름에 대해 불만을 토하며 부인이 말했다. "매일같이 카지노에서 춤 연습이 있었어요. 저는 이 애를 내보내고 싶었어요. 그런데 이 애는 한번 추면 곧 녹초가 되어 의자에 앉아 훌쩍이니까 공연히 사람들 눈에 띄게 되었지요! 모두들 동정을 해대니…." 부인은 어깨를 으쓱해 보였다. "하지만 저는 남한테서 동정받는 것을 제일 싫어하거든요!" 부인은 격렬한 말투로 말하면서 갑자기 앙투안 쪽으로 단호한 시선을 보냈다. 앙투안은 전에 구피요 노인이 나이를 먹어 뒤늦게 질투가 심해지자 독살당했다는 소문이 나돌던 것이 생각났다. 부인은 못마땅한 듯 덧붙였다. "너무나도 그 꼴이 우스워져서 결국 제가 지고 말았지 뭐예요."

앙투안은 냉혹한 눈길로 부인을 주시했다. 그의 결심은 곧 섰다. 이 여자에게는 무엇이든 중대한 일은 말해서는 안 되겠군. 이 여자는 그냥 보내고 빨리 남편을 불러야지. 물론 위게트는 바탱쿠르의 딸이 아니었다. 그러나 앙투안은 자크가 그에 대해 항상 하던 말이 생각났다. '머릿속은 텅 비었지만 한없이 착한 남자.'

"남편께서는 지금 파리에 계십니까?" 앙투안이 물었다.

부인은 마침내 그가 사교적인 대화를 할 기분이 생긴 것으로 믿었다. 이제야 겨우! 부인은 그에게 부탁할 일이 있었다. 그러려면 앙투안의 기분을 맞추어주어야겠다고 생각했다. 그녀는 웃음을 터뜨리며 메리를 대화에 끌어넣었다.

"메리, 듣고 있어? 아니에요, 선생님. 우리들은 사냥이 있어서 이월까지 투렌에 잡혀 있을 것 같아요! 이번 주는 그래도 두 그룹의 손님들 사이를 용케 빠져나올 수 있었지요. 하지만 토요일이 되면 또 손님들이 잔뜩 찾아올 거예요."

앙투안은 그 말에 아무런 대답도 하지 않았다. 그리고 앙투안의 이런 침묵이 마침내 그녀의 기분을 상하게 했다. 이젠 이런 목석을 길들이는 일은 포기해야겠다고 그녀는 생각했다. 꼭 혼이 나간 것 같은 이상한 남자라고 그녀는 생각했다. 그리고 예의도 없는 남자!

부인은 외투를 가지러 방을 가로질러 갔다.

'좋아' 앙투안은 생각했다. '바탱쿠르에게 전보를 치자. 주소도 아니까. 내일, 늦어도 모레까지는 파리에 있겠지. 그리고 목요일에는 엑스레이를 찍고. 좀 더 확실히 하기 위해 박사의 진찰도 필요하겠지. 토요일엔 깁스를 하고.'

위게트는 소파에 앉아 얌전히 장갑을 끼고 있었다. 바탱쿠르 부인은 일어나 모피 외투로 몸을 감싸며 거울 앞에서 꿩의 깃털로 만든 발키리풍*의 모자를 매만지고 있었다. 부인은 좀 가시 돋친 말투로 물었다.

"그래, 선생님? 처방은 필요 없나요? 아니면 무슨 일러주실 말씀이라도? 메리 양과 함께 영국 마차**로 사냥을 데리고 가

* 바그너의 악극 「발퀴레」에서 워탄의 딸이 쓰는 모자 같다는 뜻이다.
** 산책용의 뚜껑 없는 마차.

면 안 될까요?"

6

바탱쿠르 부인이 떠나자마자 앙투안은 진찰실로 돌아와 응접실 문을 열었다.

뤼멜은 한시도 헛되이 보내지 않으려는 사람처럼 걸어 들어왔다.

"너무 오래 기다리게 했지." 앙투안은 사과하는 것처럼 말했다.

상대방은 그 말을 정중하게 받아들이는 태도로 다정하게 손을 내밀었다. 그 몸짓은 마치 이렇게 말하는 것 같았다. '오늘은 단순히 환자 자격인걸.'

그는 비단 깃이 달린 검은 프록코트를 입고 있었으며, 한 손에는 실크 모자를 들고 있었다. 그의 당당한 풍채는 예복과 잘 어울렸다.

"허허" 앙투안은 쾌활하게 말을 건넸다. "내동령을 방문하고 오는 길인가?"

뤼멜은 껄껄대며 웃었다.

"뭐 그런 것은 아닌데, 실은 세르비아 대사관에서 오는 길일세. 이번 주에 파리에 온 쟈니로스키 사절단 환영 오찬이 있었지. 그리고 이따가도 자질구레한 일들이 좀 있어. 장관 부탁으로 엘리자베스 여왕을 모셔야 하네. 여왕은 변덕스럽게 갑자기 다섯시 반에 국화 전시회를 보러 오신다는 전갈을 보내왔어.

다행히 나는 여왕과 안면이 있지. 참 소박하고 부드러운 분이야. 꽃은 좋아하시지만 절차나 격식은 싫어하셔. 전혀 의식을 갖추지 않고 환영 인사만 드릴 작정이네."

그는 건성으로 웃었다. 앙투안은 그가 이런 장광설을 예의에 벗어남이 없이 품위 있고 재치 있게 늘어놓는다고 생각했다.

뤼멜은 마흔을 넘어섰다. 머리는 마치 사자 같았고, 엷은 금발은 통통하게 살찐 로마풍의 얼굴 뒤로 넘겨져 있었다. 콧수염은 쓸어 올려져 있었고, 푸른 눈은 활기차고 예리한 빛을 발했다. '수염만 없었으면' 하고 앙투안은 이따금 생각하곤 했다. '이 야수는 염소의 얼굴을 하고 있었을 텐데.'

"여보게, 그런데 그 오찬회라는 것이 말이야!" 그는 눈을 반쯤 뜨고 머리를 끄덕이면서 약간 멈칫하더니 말했다. "모인 사람들은 스물 내지 스물댓 명 정도인데, 모두들 정부 인사 아니면 저명인사들뿐이었단 말일세. 그런데 뭐라고? 자세히 살펴봐야 겨우 두세 사람의 지식인이 있었을까? 한심한 일이지…. 하지만 어쨌든 그것만으로도 나는 유익한 일을 꾸몄다고 생각해. 장관은 아무것도 몰라. 자기 자리에만 연연하고 있는 그의 태도로 보아 내가 하는 일마다 망치지나 않을까 걱정스러워…." 그는 대수롭지도 않은 말을 질질 끌어가면서 의미심장하게 보이려고 하는가 하면 미묘한 미소를 띠곤 했는데, 그것은 상투적이기는 했지만 그의 모든 화제에다 발랄함을 덧붙여 주곤 했다.

"잠깐 실례해도 괜찮겠지?" 앙투안은 책상 쪽으로 걸어가면서 말을 막았다. "좀 급한 전보를 쳐야 돼. 이야기는 듣고 있으니까. 어때, 오늘 세르비아 회식 뒤의 몸의 상태는?"

뤼멜은 이 질문을 듣지 못한 듯 계속해서 정신없이 수다를 떨고 있었다. '아무튼 이 친구는 한 번 말을 꺼내면 끝이 없거든.' 앙투안은 속으로 생각했다. '아무리 봐도 바쁜 남자 같지는 않단 말이야….' 바탱쿠르에게 보낼 전보를 적고 있던 앙투안의 귀에 몇 마디 말이 들려왔다.

"…독일이 동요하기 시작한 뒤로는… 그들은 1813년 사건의 기념비를 라이프치히에서 건립하려 하고 있으니! …제막식은 야단법석을 떨 테지! …그들은 여러 가지 구실을 내세울 거야. …여보게, 곧 닥쳐오겠지! 이삼 년만 기다려보라지… 닥쳐올 거야!"

"무엇이 말이야?" 얼굴을 치켜들며 앙투안이 물었다. "전쟁 얘기야?"

그는 재미있다는 듯 뤼멜을 바라보았다.

"물론 전쟁이지" 상대방은 진지하게 대답했다. "우린 곧장 그것을 향해 달려가고 있는 걸세."

그는 항상 유럽 전쟁이 머지않아 터질 것이라고 악의 없는 예언을 하곤 했었다. 어떤 때는 그가 그것을 바라기라도 하는 것처럼 여겨질 정도였다. 그는 말을 계속했다. "이젠 감당할 능력이 있다는 것을 보일 때가 온 거야." 이것은 애매한 말이었다. 총을 들고 나서야 한다는 의미일 수도 있겠지만, 앙투안은 주저 없이 권력에 편승한다는 의미로 받아들였다.

뤼멜은 책상 앞으로 다가와 앙투안 쪽으로 몸을 굽히고는 목소리를 낮추어 말했다.

"자넨 오스트리아에서 일어나고 있는 일들에 주의를 기울이고 있나?"

"아무렴… 그래. 구경꾼처럼."

"티서*는 벌써 베르히톨트**의 후계자로 부각되고 있어. 그런데 나는 그 티서를 1910년에 눈앞에서 본 적이 있어. 그놈은 정말 목숨도 아낄 줄 모르는 대단한 놈이야. 그가 헝가리 의회의 의장을 지낼 때 벌써 알아봤지. 그가 공공연하게 러시아를 위협한 연설을 자네도 읽어보았나?"

앙투안은 전보를 다 쓰고 일어섰다.

"아니, 못 읽었어." 앙투안이 말했다. "하지만 신문을 읽을 나이가 된 뒤로는 무서운 애들처럼 행동하는 오스트리아를 봐왔지. 그런데 요즘에 와서는 별것도 아니더군."

"그건 독일이 제동을 걸고 있기 때문이야. 그런데 그 오스트리아의 태도가 한 달 전부터 독일에서 일어나고 있는 변화 때문에 지극히 걱정스럽게 되었다네. 그러나 세상에선 아직 눈치채지 못하고 있지."

"설명 좀 해보게." 앙투안은 자신도 모르게 관심을 보이며 말했다.

뤼멜은 벽시계를 보았다. 그리고 자리에서 일어났다.

"자네도 알다시피 표면적으로 동맹 관계는 맺고 있지만, 또 양국 황제가 그럴싸한 연설을 하긴 했어도, 독일과 오스트리아의 관계는 이미 육칠 년 전부터…."

"그렇다면 그런 불화는 우리에겐 평화가 보장되는 것이 아닐까?"

* 유럽 전쟁 당시 헝가리의 정치가, 티서 이슈트반.

** 유럽 전쟁 당시 오스트리아의 정치가, 레오폴트 베르히톨트.

"그야말로 절호의 기회였었지. 그리고 절대적인 것이기도 했었네."

"했었다니?"

뤼멜은 점잖게 그렇다는 시늉을 했다.

"그러나 그 모든 것이 지금 변하고 있어…." 그는 어디까지 이야기해야 좋을지 생각하고 있는 듯 앙투안의 얼굴을 슬며시 바라다보았다. 그러고는 중얼거리듯 말을 계속했다.

"그건 우리의 과오였을지도 몰라."

"우리의 과오라고?"

"유감스럽지만 그래. 하지만 여기에서 말할 것은 못 되고. 그런데 우리들은 지금 유럽에서 가장 정통한 사람들로부터 호전적인 속셈이 있다고 주목받고 있어. 알겠나?"

"우리가? 어처구니없는 소리야."

"프랑스 사람들은 여행을 하지 않아. 프랑스 사람들은 국수주의 정책이 외견상 어떻게 보이는지를 전혀 생각 못 하고 있어…. 그러나 프랑스, 영국, 러시아, 이 삼국의 점진적인 접근, 이들 사이의 새로운 군사 협정, 그 밖에 최근 이 년 동안의 외교적인 모종의 획책, 이 모든 것이 사실이건 아니건 베를린 정부를 매우 위협하고 있어. 독일은 정말 삼국 동맹의 '위협'에 직면하여 우물쭈물하다가는 고립된다고 생각하고 있는 것이지. 독일은 이탈리아가 이미 삼국 동맹의 명목상의 일원에 지나지 않는다는 것을 간파하고 있네. 그러면 남는 것은 오스트리아뿐이야. 그래서 독일은 최근 몇 주일 동안 우호 관계를 급속히 결속시킬 필요가 있다고 생각하기 시작한 것이지. 어쩌면 중대한 양보와 정책 전환을 감수하면서도 말이야, 알겠나? 그리고 급히 스스로의 태도를 바꾸어 오스트리아의 발칸 정책을 승인하고 격려하고 고무시키려는 거야. 이건 그저 한 걸음을 내딛는 것에 지나지 않지만, 이 한 걸음이 벌써 시작되었다는 소문이야. 사태는 오스트리아가, 자네도 알다시피, 방향의 변화를 재빨리 간파했기 때문에, 곧 이를 이용해서 일을 성취하려 하는 중대한 국면에 접어들었지. 따라서 독일은 오스트리아의 콧대를 높이는 일에 자발적으로 참여하고 있는 셈이야. 조만간 어처구니없는 결과가 나타날 걸세. 유럽 전체가 자동적으로 발칸 분쟁에 말려들게 되겠지! …사건의 진상을 알게 된 사람들이 비관론자가 되거나, 아니면 적어도 불안을 느끼는 이유를 이제 알겠나?"

앙투안은 미심쩍은 생각이 들어 아무 말도 않고 있었다. 그는 지금까지의 경험으로 보아 외교 전문가들이란 언제나 분쟁이 곧 일어날 것처럼 말한다는 사실을 알고 있었다. 그는 벨을 눌러 레옹을 불렀다. 그는 레옹이 오기를 기다리며 문가에 서 있었다. 빨리 중요한 용건들을 처리하고 싶었기 때문이다. 그러나 뤼멜은 여전히 조금 전에 한 이야기에 열을 올리며 시간을 잊은 채, 앙투안이 지켜보는 앞에서 왔다 갔다 하고 있었다.

뤼멜의 부친은 전에 상원 의원을 지냈으며, 티보 씨의 친구이기도 했다. (그는 자기 아들이 공화주의자로 빛나는 활약을 하는 것을 보기 전에 세상을 떠났다.) 앙투안은 지금까지 여러 차례 뤼멜을 만난 적이 있었다. 그러나 솔직히 말하면 이번 주일만큼 자주 만난 적은 없었다. 뤼멜이 올 때마다 앙투안의 비판적인 견해는 점점 굳어져갔다. 그는 이런 줄기찬 수다스러움, 또 영향력 있는 사람이나 된 것처럼 행세하는 미숙한 태도,

중대한 문제에 대한 이런 관심 등 모든 것이 뤼멜의 개인적인 야심을 적나라하게 드러내는 것으로 여겼으며, 또한 이를 통해 그의 치사한 면을 엿볼 수 있었다. 그 야심이야말로 뤼멜이 유일하게 가지고 있는 강렬한 자각이었는지도 모른다. 그런데 이 야심이라는 것도 앙투안이 보기에는 뤼멜이 지닌 능력의 한계를 벗어난 것 같았다. 뤼멜의 보잘것없는 교육 정도, 겸손할 줄 모르는 소심증, 변덕스러운 성격 등등의 모든 것이 앞으로 큰 인물이 될 수 있다는 허세 밑에 교묘히 숨겨져 있었다.

그러는 동안에 레옹이 전보 문구를 가지러 왔다. '자아, 정치도 심리학도 이제 그만둡시다' 하고 앙투안은 수다쟁이 쪽을 돌아보며 혼자 생각했다.

"그런데 몸은 어때? 여전히 그대로야?"

뤼멜의 얼굴빛이 별안간 어두워졌다.

앙투안은 지난주 초의 어느 날 밤 아홉시쯤에 창백한 얼굴을 한 뤼멜이 자기를 찾아왔던 일을 상기했다. 뤼멜은 이틀 전부터 어떤 병에 걸렸는데, 단골 의사에게는 말하기 싫고 더구나 모르는 의사에게는 더욱더 밝히기 쑥스러운 병이라는 것이었다. "왜냐하면" 하고 그는 털어놓았다. "실은 자네도 알다시피 내겐 아내도 있고, 더구나 공적인 입장도 있고 해서, 나의 공적인 생활과 사적인 생활 모두가 구설수에 오르거나 공갈의 대상이 될 수 있단 말일세…." 뤼멜은 마침 티보 씨의 아들이 의사라는 것이 생각나 앙투안에게 치료를 간청하러 왔던 것이다. 어떻게 해서든지 전문의에게 보내려 했지만 막무가내였기에 그는 의사로서의 자신의 의술을 발휘해보기도 할 겸, 또 이런 정치꾼과 가까이 지내는 것이 나쁘지도 않을 것 같기에 치료를 맡았던 것이다.

"전혀 차도가 없나?"

뤼멜은 속상한 듯 고개를 저었다. 그러고는 아무 말도 하지 않았다. 수다쟁이면서도 그는 자신의 병 이야기는 말하기가 두려웠다. 이따금 호된 통증을 겪는데, 조금 전 대사관 오찬 뒤에도 너무 심하게 아파와서 중요한 이야기 도중에 흡연실에서 나올 수밖에 없었다.

앙투안은 곰곰이 생각해보았다.

"그렇다면" 앙투안은 결심한 듯 말했다. "질산염을 써보아야 되겠는걸…."

그는 '실험실' 문을 열고 풀이 죽어 앉아 있는 뤼멜을 들어오게 했다. 그리고 등을 돌린 채 약을 조제하여 코카인과 함께 주사기에 가득 채웠다. 뤼멜에게 돌아와 보니까 그는 거창한 프록코트를 벗어버리고 옷깃도 바지도 없이 격심한 통증 때문에 슬픔에 싸여 불안해하고 있었다. 체면은 말이 아닌 채, 더러워진 속옷을 당황해하며 벗고 있는 그는 처량한 환자에 지나지 않았다.

하지만 그는 완전히 자기를 내던지고 있지는 않았다. 앙투안이 다가가자 그는 고개를 들어 보이더니 어색하기는 하지만 부담 없는 태도로 미소를 지으려 애썼다. 그러나 여러 가지 이유에서 어쨌든 괴로워하지 않을 수 없었다. 그 이유 중에는 정신적인 외로움도 있었을 것이다. 이런 봉변을 당하면서도 가면을 벗지 못하고, 이처럼 우스꽝스러운 사건으로 인해 육체적으로뿐만 아니라 자존심마저도 상하게 된 일을 누구에게도 털어놓을 수 없는 딱한 처지에 놓여 있었기 때문이다. 누구에게 터놓고 이야기하겠는가? 그에게는 한 사람의 친구도 없었다. 십 년 동안의 정치 운동은 그로 하여금 위선과 불신의 동료 관계라는 장벽 뒤에서 고독한 생활에 파묻히게 했던 것이다. 지금 그의 주위에는 누구 하나 마음 붙일 사람이 없었다. 아니, 단 한 사람은 있었다. 그것은 그의 아내였다. 그녀만은 정말 단 한 사람의 반려자였고, 알고 있는 그대로의 그를 사랑해준 유일한 사람이었다. 무엇이든지 털어놓아도 안심을 할 수 있는 유일한 사람. 그런데 그런 사람에게도 어쩔 수 없이 이런 파렴치한 사건은 숨겨야만 했던 것이다.

하지만 육체적인 고통 때문에 이러한 생각도 일시적인 회한일 뿐, 드디어 질산염이 효력을 나타내기 시작했다. 뤼멜은 고통으로 인한 비명을 참으려고 이를 악물고 두 주먹을 꽉 쥐었다. 그러나 오래 견딜 수는 없었다. 몸 깊숙이 파고드는 지짐술의 통증으로 인해 그는 산모처럼 비명을 질렀다. 푸른 두 눈에는 구슬 같은 눈물방울이 맺혔다.

앙투안은 측은한 생각이 들었다.

"자, 조금만 참으면 되네. 곧 끝날 거야…. 아프긴 하겠지만 어차피 해야 하는 거니까. 오래 걸리지는 않을 테니까 잠깐만 참으라고. 코카인을 좀 더 놓아줄 테니…."

뤼멜의 귀에 그런 말이 들릴 리가 없었다. 반사경 밑의 테이블 위에 사지를 쭉 뻗고 있는 모습이 해부용 개구리가 사지를 오므렸다 폈다 하는 것 같았다.

통증이 가라앉은 것 같자 앙투안은 이렇게 물었다.

"지금 십오분인데, 자네 여기서 몇 시에 나가야 하지?"

"저어… 다섯시에만 나가면 돼." 뤼멜은 더듬거리며 대답했다. "아래에… 차를… 대기시켜 놓았어."

앙투안은 미소를 지었다. 온화하고 위로하는 듯한 미소였으나 그 뒤에는 가장된 또 하나의 미소가 숨겨져 있었다. 그는 지금 잘 훈련된 운전사가 삼색 모자 표지*를 달고 무감각한 자세로 시트에 앉아, 장관의 대행자가 나오시기를 기다리고 있는 장면을 상상하고 있었다. 또한 한 시간 뒤면, 국화 전시회장의 차양 밑에 지금쯤 깔려 있을 붉은 융단 위를 바로 여기에서 마치 기저귀를 갈아 차는 갓난아이처럼 온몸을 떨고 있는 뤼멜이, 당당한 뤼멜로 둔갑하여 프록코트를 입고 고양이 수염 밑에 애매한 미소를 지으며 의젓한 걸음걸이로 혼자 여왕을 마중하러 걸어가는 모습도 상상했다…. 하지만 이러한 한가한 생각도 잠시뿐이었다. 그는 결국 의사였고, 그의 눈앞에 있는 것은 한 사람의 환자, 환자라기보다는 하나의 병례病例에 지나지 않았다. 아니 하나의 화학 작용으로도 여겨졌다. 눈앞에는 점막에 대한 부식제의 작용, 곧 자신이 만들고 자신에게 책임이 있는, 그리고 그 필연적인 진전을 마음속으로 지켜보고 있는 화학 작용이 있을 뿐이었다.

그는 레옹이 문을 조용히 세 번 두드리는 소리를 듣고 현실 세계로 돌아왔다. '지젤이 왔구나' 하고 생각하며 그는 도구들을 증기 소독기 접시 위에 던져 넣었다. 그리고 한시라도 빨리 뤼멜에게서 도망치고 싶었지만, 언제나처럼 직업상의 의무감 때문에 꾹 참으면서 뤼멜의 통증이 가라앉기를 기다렸다.

* 프랑스 국기를 상징하는 표지.

“그럼, 여기에서 느긋하게 좀 쉬게.” 그는 방을 나서며 말했다. “지금은 이 방을 쓸 필요가 없으니까. 십 분 전이 되면 알리러 오겠네.”

7

레옹은 지젤에게 말했다.

“아가씨, 죄송하지만 저쪽에서 기다려주셨으면….”

‘저쪽’이란 그 옛날 자크의 방이었다. 그곳은 벌써 어둠이 깔려 굴속같이 캄캄하고 적막했다. 방 문턱을 넘어섰을 때 지젤의 마음은 울렁거렸다. 들뜬 마음을 달래려는 그녀의 노력은 언제나처럼 기도의 형식, 결코 저버리는 일이 없는 ‘그분’에게 간략한 호소를 하는 것과도 같은 형식을 취했다. 그리고 기계적으로 침대 의자에 가서 앉았다. 그곳은 어린 시절에 수없이 와서 자코와 이야기를 하던 곳이었다. 우는 소리가 들렸다 — 응접실인가 아니면 한길 쪽인가? — 신음하듯 훌쩍이는 어린애 우는 소리가 들렸다. 지젤은 자기의 예민한 감성을 억제하기가 힘들었다. 지금 그녀는 사소한 일에도 눈물 때문에 숨이 막힐 지경이었다. 다행히 자기 혼자였다. 의사의 진찰을 받아야지. 하지만 앙투안은 안 돼. 건강 상태도 좋지 않을뿐더러 몸도 야윌 대로 야위었다. 불면증 탓이겠지. 열아홉의 나이에 정상은 아니다…. 그녀는 십구 년에 걸친 자신의 이상했던 생활의 연계를 잠시 생각해보았다. 두 노인들 틈바구니에 끼어 있던 길고도 긴 유년 시절. 이어서 그 무거운 비밀을 숨겨야 했던 열여섯 살 때의 큰 슬픔!

레옹이 불을 켜려고 들어왔다. 지젤은 이런 어스름 속에 싸여 있는 것이 더 좋았으나 말을 못 했다. 불 켜진 방의 가구, 골동품 하나하나가 기억에 새로웠다. 앙투안이 동생을 생각해서 누구에게도 손을 대지 못하도록 하고 있다는 것을 잘 알 수 있었다. 그러나 그가 여기에서 식사를 하면서부터는 차츰 물건 하나하나의 놓인 자리가 바뀌어갔다. 결국 모두가 다른 양상을 띠어가고 있었던 것이다. 예를 들어 방 한가운데로 옮겨진 테이블, 지금은 용도가 바뀐 사무용 책상 위에 당당히 자리 잡고 있는 빵 바구니와 과자 그릇, 그 사이에 놓여 있는 티 세트 등이 그러했다. 책장도 마찬가지였다…. 옛날에는 초록색 커튼이 저렇게 창유리 뒤로 열려 있지 않았다. 커튼 한쪽이 지금처럼 걷혀 있지도 않았었다. 지젤은 몸을 수그리고 그릇들이 번쩍이는 것을 살펴보았다. 레옹은 책들을 모두 위쪽 선반에 쌓아두었다. 만일 자크가 자기 책장이 찬장으로 쓰이는 것은 보았더라면!

자크…. 지젤은 자크를 죽은 사람으로 생각하고 싶지 않았다. 그가 지금 갑자기 문지방에 나타난다 해도 놀라지 않았을 것이다. 지젤은 언제나 그가 자기 앞에 나타나기를 학수고대하고 있었다. 이런 미신적인 기대는, 지금까지 삼 년 동안 그녀의 심신을 피곤하게 하고 비몽사몽의 상태로 만들었던 것이다.

이렇듯 그리운 물건들에 둘러싸여 있다보니까 여러 가지 추억들이 떠올랐다. 그녀는 일어설 용기조차 없었다. 이 방의 공기를 흔들리게 하고 더럽힐 생각을 하면 숨을 쉬는 것도 두려웠다. 벽난로 위에는 앙투안의 사진이 있었다. 시선이 그리로 쏠렸다. 그녀는 앙투안이 그 사진 한 장을 자크에게 준 날을 생각했다. 그는 똑같은 사진을 유모에게도 보냈다. 그것은 위층에 있다. 이 사진이야말로 그녀가 오빠같이 생각하고 좋아했으며, 괴로웠던 지난 삼 년 동안 자신에게 커다란 위안이 되어준 지난날의 앙투안이었다. 자크가 사라진 뒤로 자신은 얼마나 자주 앙투안에게 와서 자크의 이야기를 했던가! 또 얼마나 여러 차례 그 비밀을 앙투안에게 말하려고 했었던가! 그러나 지금은 모든 것이 변했다. 왜 그럴까? 둘 사이에 무슨 일이 일어났단 말인가? 지젤로서는 뚜렷하게 말할 만한 것이 아무것도 없었다. 단지 생각나는 것은 유월에 그녀가 런던으로 출발하기 전날에 있었던 짤막한 장면뿐이었다. 갑작스럽고 이유도 알 수 없는 이 출발에 대해 앙투안은 어쩐지 매우 당황해하는 것 같았다. 앙투안은 자기에게 정확히 무어라고 말했던가? 자신을 더 이상 오빠로서 사랑할 수 없으며, 이젠 자신을 '다르게' 생각한다고 말했던 것 같다. 그럴 수 있을까? 자신이 그렇게 상상했을 따름일까? 그렇지는 않았다. 그에게서 받은 애매한 편지, 정다우면서도 무언가 저의가 있는 것 같은 편지 속에서는 이젠 전과 같은 단단한 애정은 찾을 수 없었다. 따라서 이번에 프랑스로 돌아온 뒤로는 본능적으로 그를 만나는 것을 피해왔다. 최근 두 주일 동안 둘만이 있는 시간을 가지려 하지 않았다. 도대체 오늘 자신에게 무슨 볼일이 있다는 것일까?

그녀는 몸서리치며 생각했다. 앙투안이다. 정확히 간격을 둔 그의 신경질적인 걸음걸이. 그가 들어왔다. 그리고 우뚝 서서는 미소 지었다. 얼굴은 약간 피곤해 보였다. 하지만 이마는 훤

했고 눈은 생기와 행복한 빛을 담고 있었다. 어쩔 줄 모르고 있던 지젤은 정신을 번쩍 차렸다. 앙투안의 모습에는 곧 삶의 열정 같은 것이 풍기고 있었다.

"잘 있었겠지, 니그레트!" 하고 그가 미소를 지으며 말을 걸어왔다. (니그레트란 매우 오래전에 티보 씨가 꽤 기분이 좋았던 어느 날, 그녀에게 붙여준 별명이다. 당시 베즈 유모는 고아인 자기 조카를 어쩔 수 없이 양녀로 맞아들여야 했기 때문에, 마다가스카르 태생 혼혈아의 딸이며 아무렇게나 자라온 이 아이를 데리고 와서 유복한 티보 씨 댁에 정착시켰던 것이다.)

지젤도 무엇인가 말을 하기 위해 물었다.

"오늘 환자가 많아요?"

"직업이 직업이니 많지!" 그는 쾌활하게 대답했다. "진찰실로 갈까? 아니면 그대로 여기가 좋을까?" 이렇게 물으며 그는 대답도 기다리지 않고 그녀 곁에 앉았다. "그동안 어떻게 지냈어? 요새는 통 만날 수가 없군… 숄이 예쁜데… 어디 손 좀 내봐…." 그는 지젤이 내민 손을 자연스럽게 잡았다. 그러고는 손을 들고 바라보며 말했다. "전에 같이 통통한 게 없어졌구나…." 지젤은 태연하게 미소를 지었다. 앙투안은 그녀의 거무스레한 두 볼에 파이는 보조개를 보았다. 그녀는 팔을 움직이려 하지 않았다. 하지만 앙투안은 그녀가 굳어 있고 뒤로 물러서려 하는 것을 느낄 수 있었다. 그는 이렇게 말하려고 했다. '돌아온 뒤로는 꽤 서먹서먹해하는군.' 그러나 생각을 바꾸었다. 그리고 눈살을 찌푸리며 입을 다물었다.

"아버님께서는 다리가 아프셔서 또 눕고 싶으시대요." 하면서 그녀는 얼버무렸다.

앙투안은 아무 대답도 하지 않았다. 이렇게 지젤과 둘만의 시간을 가져보지 못한 지가 오래되었다. 그는 작고 검은 손을 바라보았다. 가느다랗고 포동포동한 손목까지 뻗어 있는 혈맥들을 따라가며 손끝 하나하나를 살펴보았다. "마치 아름다운 황금색의 잎담배 같다고나 할까…." 그는 되도록 웃으려 애썼다. 동시에 그 풍만한 어깨에서 숄 아래 동그랗게 솟아 있는 무릎까지의 곡선을 마치 따뜻한 수증기 속에서 보는 것처럼 눈으로 애무하였다. 자연스럽고 가냘픈 이 모습은 얼마나 유혹적인가. 바로 눈앞에 있는 유혹! 갑작스런 격정… 피가 끓어오르고 있으니… 막혀 있던 물줄기가 제방을 무너뜨리고 터져 나오듯… 과연 상대의 허리에 손을 감고 싶은 욕망, 젊고 늘씬한 육체를 끌어안고 싶은 욕망을 억제할 수 있을까? …그는 몸을 숙여 지젤의 작은 손 위에 자기 뺨을 문지르는 것으로 만족했다. 그는 중얼거리듯 말했다. "부드러운 살결이구나… 니그레트…." 그의 시선, 취한 거지와 같은 그의 시선은 지젤의 얼굴까지 무겁게 올라갔다. 그녀는 본능적으로 얼굴을 돌리며 손을 뿌리쳤다.

그녀는 결연히 물었다.

"이야기가 있다니 무슨 말이지요?"

앙투안은 번쩍 정신이 들었다.

"무서운 일을 들려주어야 할 텐데…."

무서운 일? 끔찍한 의혹이 지젤의 뇌리를 스쳐갔다. 무슨 일일까? 자신의 모든 희망이 이번에야말로 부서져버리는 것이 아닐까? 그녀는 공포에 사로잡힌 듯한 얼굴로 방 안을 둘러보며 사랑하는 사람과의 추억이 담긴 물건 하나하나를 불안스럽게 바라보았다.
그러나 앙투안의 말은 이런 것이었다.
"아버지가 **매우** 좋지 않으셔…."
그녀는 처음에는 이 말을 잘 알아듣지 못한 듯했다. 한동안 아무 말도 않고 있다가 되물었다.
"**대단히** 좋지 않으시다고요?"
이렇게 말하면서도 그녀는 아무도 말해준 적이 없는 이 사실을 이미 알고 있는 듯했다. 그녀는 눈썹을 치켜올린 채, 두 눈에는 약간 위장된 불안을 담고 덧붙였다.
"한데… 그 정도로 편찮으세요…?"
앙투안은 그렇다는 시늉을 했다. 그러고는 오래전부터 그 사실을 익히 알고 있는 사람의 말투로 설명하기 시작했다.
"이번 겨울에 수술을 해서 오른쪽 신장을 절제했는데, 한 가지 사실은 분명히 알게 되었지. 곧 종양의 성질이 이미 낙관할 수 없다는 점이야. 다른 한쪽 신장도 거의 못쓰게 되었어. 그러나 병세는 다른 양상을 띠어 온통 몸에 퍼졌어. 어쩌면 다행한 일일지도 몰라…. 덕분에 환자를 속일 수 있도록 해주니까. 아무것도 눈치채지 못하고 계셔. 자신이 절망적인 상태인 것조차 모르셔…."
잠시 침묵이 흐르더니 지젤이 물었다.
"그렇다면 앞으로 얼마나 버티실 걸로…?"
앙투안은 지젤의 얼굴을 슬며시 바라보았다. 그는 만족스러웠다. 이만하면 의사의 훌륭한 아내감이다. 때에 따라서는 태연할 줄도 알고. 눈물도 흘리지 않았다. 몇 달간의 외국 생활이 놀랄 만큼 성숙하게 했군. 앙투안은 언제나 실제 이상으로 그녀를 어린애같이 생각해온 자신을 나무랐다.

그는 똑같은 말투로 말했다.

"기껏해야 두세 달." 그리고 기운찬 목소리로 덧붙였다. "아마 더 빠를지도 몰라."

머리가 그다지 빨리 돌아가지 못하는 지젤이였지만 이 마지막 몇 마디에서 자기에 대한 앙투안의 마음을 짐작했다. 그리고 앙투안이 빨리 가면을 벗어준 데 대해 안도의 숨을 내쉬었다.

"이것 봐 지젤, 그렇게 되었을 때 나를 혼자 두고 가버릴 거야? 그리로 돌아갈 거야?"

그녀는 아무런 대답도 하지 않았다. 그리고 태연하면서도 총기 넘치는 두 눈으로 조용히 정면을 바라보고 있었다. 꼼짝 않고 있는 동그란 얼굴 위에는 눈썹 사이로 계속 움직였다가 사라지곤 하는 주름 하나만이 그녀 마음속의 고뇌를 나타내고 있었다. 그녀가 처음 느낀 감정은 애정이었다. 그래서 그녀는 앙투안의 호소에 마음이 동요되었다. 지금까지 자신이 누구의 힘이 된다는 것은 한 번도 생각해본 적이 없었다. 하물며 가족 모두가 언제나 믿고 의지해온 앙투안에게 힘이 되다니.

'아니야, 그럴 순 없어!' 그녀는 함정을 눈치챘다. 왜 앙투안이 자기를 파리에 붙잡아두려 하는지를 알아차린 것이다. 그녀는 마음속으로부터 반발하고 있었다. 영국에 가는 일, 이것이야말로 자신의 계획을 달성하기 위한 오직 한 가지 수단이며 유일한 생존 이유일 것이다! 모든 것을 앙투안에게 이야기해 줄 수 있다면 좋으련만! 그것은 자신의 속비밀을 모두 털어놓는 것이 될 테고, 더구나 그런 비밀을 들으리라고는 생각도 못

하고 있는 사람에게 말할 수는 없는 일이었다…. 언젠가 먼 훗날… 편지라도 해야지…. 하지만 지금은 안 돼.

지젤의 눈은 동요되지 않은 채 물끄러미 먼 곳만을 응시하고 있었다. 앙투안에게는 이것이 불길한 징조같이 느껴졌다. 그래도 그는 다시 물었다.

"어째서 대답을 하지 않지?"

그녀는 몸서리를 쳤다. 그리고 고집스런 태도를 그대로 유지하면서 말했다.

"하지만 앙투안, 그런 게 아니에요! 나는 아무래도 빨리 영국에 가서 그 자격증을 받고 싶어요. 생각했던 것보다 빨리 자립하지 않으면 안 될 것 같아서…."

앙투안은 성난 몸짓으로 그녀의 말을 막았다.

그는 그녀의 닫힌 입, 눈빛에 나타난 표정에서 어찌할 도리가 없는 낙담 같은 것, 동시에 헛된 희망을 품은 사람에게서나 볼 수 있는 생각과 흥분을 발견하고 놀랐다. 그녀의 감정 속에는 앙투안이라는 존재가 완전히 배제되어 있었던 것이다. 그는 분한 마음에 머리를 쳐들었다. 분노, 아니면 절망? 아니, 절망 쪽이 더 강했다. 목이 메는 것 같았다. 눈물이 날 것만 같았다. 이번만큼은 그걸 억제하거나 감추고 싶지 않았다. 눈물이라도 흘린다면, 이해할 수 없는 이 여자의 고집을 꺾을 수 있을지….

사실 지젤은 매우 감동되었다. 지금껏 앙투안이 우는 것을 본 적이 없었기 때문이다. 그가 울 수 있으리라고는 생각조차 하지 못했다. 그녀는 앙투안의 시선을 피했다. 그에 대해 깊고 따뜻한 애정을 느끼고 있었다. 그를 생각할 때마다 언제나 가슴이 뛰고 일종의 흥분을 느꼈었다. 지금까지 삼 년 동안 그는 자신에게 유일한 힘이었으며, 든든하고 마음이 통하는 친구였고, 그의 곁에 있는 것이 그녀 생활에서의 단 하나의 위안이었다. 그런데 이런 존경, 이런 신뢰 이외의 것을 그녀에게 바라고 있는 것일까? 어째서 그에게 여동생 같은 감정을 보일 수 없게 되었을까?

현관 쪽에서 벨이 울렸다. 앙투안은 무심코 귀를 기울였다. 문 여는 소리가 들리더니 다시 조용해졌다.

두 사람은 아무 말 없이 꼼짝 않고 있었다. 그들의 생각은 서로 다른 길을 달리고 있었다….

마침내 전화벨 소리… 현관에서 사람 발소리가 났다. 레옹이 문을 살며시 열었다.

"아가씨, 티보 씨 댁의 전갈인데요. 테리비에 선생님께서 지금 위에 와 계십니다."

지젤은 이 말을 듣자 곧 일어섰다.

앙투안은 힘없는 목소리로 레옹을 불렀다.

"응접실에 몇 분이나 와 계신가?"

"네 분 오셨습니다."

앙투안도 일어섰다. 다시 일상생활이 시작되는 것이다. '십분 전이 되기를 기다려온 뤼멜도 있겠지' 하고 그는 생각했다.

지젤은 그의 곁으로 가까이 오지도 않고 말했다.

"나는 곧 가야 해요, 앙투안… 그럼 안녕히."

앙투안은 야릇하게 웃으며 어깨를 으쓱해 보였다.

"그래, 가봐…. 니그레트!" 앙투안은 자신의 이러한 말투에서 조금 전에 아버지와 헤어질 때의 생각이 떠올랐다. '그럼, 가봐!' 참으로 고통스러운 대면이지….

그는 말투를 바꾸어 덧붙였다.

"테리비에 씨한테 가서 내가 지금 좀 바쁘다고 말해주겠어? 볼일이 있으면 돌아갈 때 들러달라고, 알겠지?"

지젤은 고개를 끄덕이며 문을 열었다. 그러고는 갑작스런 결심이라도 한 듯 앙투안 쪽을 돌아보았다…. 아냐, 그만두는 것이 낫겠어… 무슨 말을 하겠단 말인가? **모두** 말할 수 없을 바에야 무슨 소용이람? … 그녀는 숄을 두르고는 눈을 내리깐 채 나가버렸다.

"엘리베이터가 내려옵니다." 레옹이 말했다. "좀 기다리시지 않으시겠어요, 아가씨?"

지젤은 그만두라는 시늉을 하고는 계단을 오르기 시작했다. 천천히 올라갔다. 가슴이 죄어오는 것 같았기 때문이다. 지금 그녀의 정력은 모두 하나의 고정 관념을 중심으로 집중되어 있었다. 런던에 가는 일이었다! 그렇다. 되도록 빨리 출발할 것. 휴가 끝나는 것을 기다릴 것도 없이! 아, 앙투안이 자신의 영국 체류의 의미를 알아준다면!

벌써 이 년 전 구월 어느 날 아침(자크가 모습을 감춘 지 열 달 뒤의 일이었다)에 우연히 마당 가운데서 만난 메종 라피트의 우편배달부는 그녀에게 바구니 하나를 전했다. 거기에는 그녀 이름이 적혀 있었고, 또 런던 꽃가게의 쪽지가 붙어 있었다. 놀라기는 했지만 무엇인가 중대한 예감에 휩싸인 그녀는 아무도 모르게 자기 방에 들어가 끈을 자르고 뚜껑을 열어보았다. 축축한 이끼 위에 놓인 소박한 장미꽃을 본 지젤은 기절할 뻔했다. 자크! 둘을 위한 장미! 검붉은 예쁜 장미꽃, 완전히 똑같은 장미꽃! 구월 생일날! 이 익명으로 보낸 선물의 의미는 자신만이 해독할 수 있는 암호 전문을 보낸 것과 똑같은 것이었다. 그렇다면 자크는 살아 있다는 것이다! 티보 씨는 잘못 생각하고 계신 것이다. 자크는 영국에 살아 있다! **'자크는 자신을 사랑하고 있는 것이다!**…' 지젤의 첫 반응은 문을 활짝 열고 목이 터져라고 이렇게 외치고 싶은 것이었다. '자크는 살아 있어요!' 다행히 그 순간에 그녀는 제정신으로 돌아왔다. 이 붉은 장미꽃이 지닌 분명한 의미를 어떻게 설명하면 좋을까? 아마 모두들 꼬치꼬치 물어볼 것이 틀림없어. 하지만 비밀을 지키려면 무슨 일이든 참아야 돼! 그녀는 도로 문을 닫았다. 그리고 하느님께 침묵을 지킬 수 있는 힘을 주십사고 기도했다. 적어도 그날 저녁까지라도. 그녀는 앙투안이 저녁 식사를 하기 위해 메종에 온다는 것을 알고 있었다.

그날 저녁에 그녀는 앙투안을 따로 불렀다. 그리고 신비스러운 선물 이야기를 했다. 자기는 런던에 아는 사람이 아무도 없는데, 그곳에서 꽃이 왔다는 것… 자크가 아닐까? …어떻게 해서든지 이 새로운 사건을 조사해보아야 된다는 것이었다. 흥미를 느낀 앙투안은 그간 일 년 동안이나 온갖 시도를 해보았으나 실패하여 회의적인 상태였음에도 불구하고, 곧 런던 쪽을 알아보도록 했다. 꽃가게 아주머니는 장미를 주문한 손님에 대해 매우 자세한 인상을 일러주었다. 그런데 그 인상은 자크와는 전연 달랐다. 이렇게 해서 이 방면의 조사도 단념하고 말았던 것이다.

그러나 지젤은 그렇지 않았다. 그녀만은 확신을 버리지 못했다. 그 뒤로 그녀는 아무 말도 입 밖에 꺼내지 않았다. 열일곱 살 소녀답지 않은 자제력으로 침묵을 지켜왔던 것이다. 그리고 자신이 영국에 건너가 꼭 자크의 행방을 찾아보려고 굳은 결심을 했던 것이다. 이것은 거의 실현 불가능한 계획이었다. 이 년 동안 그녀는 그녀의 소박한 선조들이 그러했던 것처럼 은근하고 말 없는 인내심을 발휘하면서 이 출발을 조금씩 가능하게 했고, 또 세밀한 준비를 해왔다. 그러기 위해서는 얼마나 많은 노력이 필요했던가! 그녀는 그 하나하나의 과정들을 지금도 기억하고 있다. 고집불통인 아주머니의 뇌리에다 새로운 생각을 불어넣기 위해서는 끈질긴 공작이 필요했다. 우선 재산이 없는 한 양갓집 딸이라 할지라도 생존해갈 수 있는 능력이 필요하다는 것을 아주머니에게 인식시키고, 조카딸인 자기도 아주머니와 같이 훌륭하게 애들을 기를 수 있는 소질을 가지고 있다는 것을 설득시키며, 동시에 요새는 경쟁이 심해 교사로서 영어를 유창하게 말할 수 있는 것이 얼마나 중요한지를 납득시켜야 했다. 그리고 그녀는 메종 라피트에 있는 여선생과 아주머니가 잘 지낼 수 있게 만들어야 했다. 선생님은 얼마 전에 가톨릭 수녀들이 경영하는 런던 근교의 학원을 졸업하고 온 사람이었다. 한편 망설이던 티보 씨 댁에는 운 좋게도 그 학원에 대한 아주 좋은 보고가 들어왔다. 결국 지난봄에 베즈 유모는 여러 가지 구실을 붙여 지젤이 출발하는 것을 승낙했다. 벌써 지젤은 여름 한철을 영국에서 보낸 적이 있었다. 그 네 달 동안 무엇 하나 기대했던 결과를 얻지 못했다. 그녀는 사기꾼 탐정에게 속아 실망만 맛보았다. 그러나 이제부터는 본격적으로 행동하는 사람들을 쓸 수 있을 것이다. 그녀는 최근에 장신구 몇 개를 팔았다. 그리고 저축한 돈을 모두 한곳으로 모아놓았다. 마침내 믿을 만한 탐정과도 접촉했다. 그리고 특히 그녀는 이런 정열적인 시도 때문에 런던 시경 국장의 딸로부터 관심을 살 수 있었다. 런던에 가면 그녀 아버지의 집에서 오찬을 하기로 되어 있었다. 그리고 그 아버지는 자기에게 절대적인 도움을 줄 것이라고 믿고 있었다. 이러니 어찌 희망을 가지지 않을 수 있겠는가?…

지젤은 티보 씨 방까지 올라갔다. 벨을 울려야만 했다. 아주머니는 방 열쇠를 그녀에게 주는 일이 절대로 없었기 때문이다.

'그래, 어찌 희망을 가지지 않을 수 있단 말인가?' 하고 그녀는 스스로 자문자답했다. 그리고 갑자기 자크를 만날 수 있다는 생각이 어찌나 강렬하게 작용했던지 온몸이 굳어지는 것 같았다. 앙투안은 석 달 정도는 걸릴 것이라고 말했다. '석 달?' 하고 그녀는 생각했다. '나는 그 전에 꼭 찾아낼 거야!'

한편 저 아래 자크의 방에서는 앙투안이 지젤이 닫고 나간 문 앞에 서서 서리 유리가 끼워진, 넘어설 수 없는 그 문을 타는 듯한 눈길로 바라보고 있었다.

그는 자기가 한계점에 도달해 있다고 생각했다. 오늘날까지 그의 의지는—난관에 부딪쳐 싸울 때마다 언제나 승리했었는데—실현 불가능한 것과 맞서본 적이 없었다. 그런데 이 순간에는 무엇인가가 그에게서 떨어져나가려 하고 있었다. 그는 희망이 없는 말을 끝까지 밀고 나가는 사람은 아니었다.

그는 주춤하면서 두 발짝 앞으로 나아가 거울 속의 자신을 보며 벽난로 위에 팔꿈치를 기댔다. 그러고는 얼굴을 내밀고 얼마 동안 물끄러미 자신의 눈을 들여다보았다. '그러나 만일 그때 그녀가 돌연 **네, 저를 받아주세요**라고 말했더라면…?' 그는 소름이 끼쳤다. 돌이켜 생각하며 느낀 공포였다…. '이런 것을 생각하다니, 바보짓이지' 하고 그는 발뒤꿈치를 돌리면서 속으로 생각했다. 그러고 나서 돌연 떠올렸다. '제기랄, 벌써 다섯시인데… 엘리자베스 여왕을 잊고 있었군!'

그는 빠른 걸음으로 '실험실'로 향했다. 그러나 레옹이 그를 막았다. 레옹은 언제나처럼 풀어진 눈, 싱글벙글 비웃는 듯한 미소를 띠며 말했다.

"뤼멜 씨는 돌아가셨습니다. 내일모레 같은 시각에 오신다고 하셨습니다."

"잘됐어." 앙투안은 한숨 돌린 듯이 말했다. 순간 그는 이런 자그마한 즐거움이 모든 우울을 충분히 떨쳐버려준다고 생각했다.

진찰실로 돌아와 비스듬히 버티고 선 그는 유쾌한 일이 있을 때면 언제나 취하는 그런 몸짓으로 응접실 문을 열었다.

"저런, 저런" 하며 그는 자기 쪽으로 비실비실 다가오는, 얼굴색이 좋지 않은 아이의 볼을 슬쩍 꼬집었다. "큰애처럼 혼자 왔니? 부모님도 안녕하셔?"

그는 아이를 붙잡고 창가로 데려가서 햇빛을 등 뒤로 하고 의자에 앉았다. 그러고는 부드럽고 확실한 손놀림으로 작고 고분고분한 얼굴을 뒤로 젖히며 목 안을 보았다. "좋아" 하고 그는 계속 들여다보며 중얼거렸다. "이번에는 편도선이란 놈이구나…." 그는 대번에 경쾌하고 낭랑하며 잘 트인 날카로운 목소리를 되찾았다. 그것은 환자들에게 일종의 강장제와도 같은 작용을 하는 목소리였다.

그는 주의 깊게 어린아이 위로 몸을 숙였다. 그러나 곧 자존심이 상한 일이 다시 머리에 떠올라 이렇게 생각하며 자위했다. '여차하면 전보를 쳐서 언제든지 그녀를 불러올 수 있을 거야….'

8

아이를 바래다주러 나간 앙투안은 현관 의자에 영국인 메리 양이 화색이 완연한 얼굴로 앉아 있는 것을 보고 깜짝 놀랐다.

그녀는 앙투안이 걸어오는 것을 보자 일어섰다. 한참 말이 없더니 상냥한 미소를 지으며 그를 맞이했다. 그러고 나서 과감한 태도로 푸르스름한 한 장의 봉투를 그에게 내밀었다.

바로 두 시간 전에 보여주던 정숙함과는 전혀 다른 이 태도, 단호하고 수수께끼 같은 이 시선, 이것은 무슨 이유 때문인지는 잘 모르지만 앙투안에게는 뭔가 예사롭지 않은 상황이 벌어지지 않았나 하는 생각을 불러일으켰다.

궁금하게 여긴 그는 현관에 선 채 문장紋章을 넣은 편지 봉투를 재빨리 뜯기 시작했다. 바로 그때 메리 양이 문이 열린 채로 있는 그의 진찰실 쪽으로 걸어가고 있는 것이 보였다.

그는 편지를 뜯으면서 그녀 뒤를 따라갔다.

선생님,

선생님께 두 가지 부탁이 있습니다. 그리고 우선 거절하실 것이 염려되어 가장 고분고분한 심부름꾼을 하나 골라 보냅니다.

첫째로, 이 바보 같은 메리는 조금 전 댁에 가서 멍청하게 기다리다 돌아왔습니다마는, 며칠 전부터 몸이 좋지 않다고 하며 더구나 최근에는 기침이 심해 잠 못 이루는 밤이 계속되었다 합니다. 자세히 진찰하셔서 각별한 주의를 주실 수 있으실까요?

둘째로, 시골집에 오래전부터 있는 밀렵 감시인이 끔찍한 변형성 관절염을 앓고 있답니다. 이런 계절이 되면 도저히 눈을 뜨고 볼 수 없을 정도로 괴로워하는 것 같습니다. 시몽이 불쌍히 여겨 진정제 주사를 놓아주고 있습니다. 그래서 약장에는 모르핀이 떨어지는 날이 없었는데, 요새는 계속적인 발작 때문에 전부 써버렸습니다. 시몽에게 구해 오라 했더니 의사 선생님의 허가 없이는 살 수 없다고 하는군요. 오늘 오후에 말씀드리려 하다가 그만 깜빡 잊었습니다. 죄송합니다만, 이 귀여운 심부름꾼에게 '1cc 앰풀 대여섯 타'를 곧 구할 수 있도록 처방을, 가능하다면 계속해서 사용할 수 있는 처방을 보내주시면 대단히 고맙겠습니다.

두 번째 부탁에 대해서 미리 인사드리겠습니다. 첫 번째 부탁에 대해서는, 선생님, 우리 둘 중 누가 인사를 받아야 할지 모르겠군요. 부인 환자들이라고 해서 모두가 이렇게 즐겁게 진찰하실 수는 없으실 테니까요….

이만 줄이겠습니다.

안 마리 S. 드 바탱쿠르

추신 — 그런데 시몽이 왜 그쪽 의사한테 부탁하지 않았나 궁금하실 테지요. 그 사람은 편협하고 파벌 의식이 강해서 언제나 저희 집에 반대 투표를 한답니다. 그리고 자기를 저희 집안 손님으로 초대하지 않은 데 대해 유감이 많은 사람이지요. 그렇지 않다면 선생님께 이런 폐를 끼치지는 않을 것입니다.

안 드림

앙투안은 편지를 끝까지 다 읽었으나 아직도 고개를 수그린 채로 있었다. 그가 느낀 첫 감응은 화가 치민다는 것이었다. 사람을 어떻게 보고 하는 짓인가? 두 번째 감응은 재치 있는 이야기를 찾아냈다는 것이었는데, 그것이 재미있게 느껴졌다.

그는 자신도 한번 그 수에 당한 일이 있었기 때문에, 진찰실에 걸려 있는 두 장의 거울의 쓸모를 알고 있었다. 이렇게 벽난로 위에 팔꿈치를 괴고 있으면, 몸을 움직이지 않고 눈꺼풀을 밑으로 하여 눈동자만 두리번거려도 메리 양을 볼 수 있었다. 그는 곧 그렇게 해보았다. 메리 양은 그의 약간 뒤에 앉아 있었다. 그녀는 장갑을 벗는 중이었다. 외투 단추를 풀고 가슴을 드러낸 채, 무관심한 체하면서 카펫 털을 발끝으로 장난하고 있었다. 좀 겁을 집어먹은 것 같기도 하고, 또 대담해 보이기도 했다. 그가 몸을 움직이지 않는 한 자기를 보지 못하는 줄 알고 그녀는 별안간 섬광같이 푸르고 짧은 시선으로 앙투안을 흘끗 쳐다보았다.

이처럼 부주의한 그녀의 행동은 앙투안으로 하여금 마지막 경계심을 풀어버리게 했다. 그는 뒤를 돌아보았다.

그는 입가에 미소를 띠고 고개를 비스듬히 한 채 다시 한번 이 유혹의 편지를 읽어 내려갔다. 그리고 천천히 편지를 접어 넣었다. 앙투안은 여전히 미소를 띤 채 몸을 똑바로 세우고 메리의 눈을 응시했다. 이렇게 두 시선이 마주치는 일은 두 사람 모두에게 충격적인 것으로 느껴졌다. 메리는 잠시 망설였다. 앙투안은 말없이 반쯤 눈을 내리깔고 천천히 좌우로 고개를 몇 차례 저으며, '안 돼'라는 뜻을 보였다. 하지만 그는 여전히 미소를 짓고 있었다. 그의 표정이 너무나 확실했으므로, 메리로서는 잘못 생각할 여지가 없었다. 이보다 더 무례한 의사 표시가 있을 수 있을까? '안 됩니다, 아가씨. 어쩔 수 없어요. **그 수엔 넘어가지 않을 테니까**…. 내가 화났다고는 생각하지 마세요. 웃고 있는 것이지요. 이런 것쯤이야 여러 차례 겪었으니까요…. 이렇게 말해서 미안하지만—어떤 희생을 치르더라도—나한테는 기대할 것이 아무것도 없어요….'

그녀는 아무 말도 않고 얼굴이 빨개져서 일어났다. 카펫 위로 넘어질 듯 휘청거리며 현관 쪽을 향해 걸어갔다. 그는 그녀가 이렇게 급하게 물러가는 것이 아주 당연한 것처럼 여기며 그녀 뒤를 따라갔다. 그는 그녀 뒤를 따라가며 재미있어했다. 그녀는 눈을 아래로 내리깐 채, 말 한마디 없이 장갑도 안 끼고 부들부들 떨리는 손으로 목덜미를 여미며 도망치듯 나갔다. 그 손은 불같이 타오르는 볼에 비해 핏기가 없어 보였다.

현관에 이르러 앙투안은 문을 열어주려고 그녀 옆으로 가까이 갔다. 그녀는 살짝 고개를 숙여 보였다. 그는 인사에 답하려고 했는데, 그 순간에 그녀는 신경질적인 몸짓을 했다. 무슨 영문인지 알아차리기도 전에 마치 소매치기와도 같이 날쌔게 그의 손에 있던 편지를 낚아챘다. 그러고는 밖으로 뛰쳐나갔다.

그는 화가 치밀기는 했으나 그녀의 재치와 기민한 동작에 놀라지 않을 수 없었다.

다시 진찰실에 돌아온 앙투안은 가까운 시일 안에 메리와 안, 그리고 자기를 포함해서 세 사람이 만났을 경우에 그들이 어떤 모습을 할지 상상해보며 미소를 지었다. 카펫 위에 장갑 한 짝이 떨어져 있었다. 그는 그것을 집어들었다. 냄새를 맡아보았다. 그러고 나서 쓰레기통에 던져버렸다.

영국 여자들! …위게트… 저런 두 여자 틈에 끼어 있는 병든 소녀는 장차 어떻게 될 것인가?

땅거미가 지고 있었다.

레옹이 덧문을 닫으러 들어왔다.

"에른스트 부인은 와 계신가?" 하고 물으며 앙투안은 비망록을 훑어보았다.

"오, 벌써부터 와 계십니다…. 그런데 온 집안 식구가 오셨습니다. 어머님, 애기, 연로하신 아버님까지."

"알겠네." 앙투안은 기운찬 목소리로 말하면서 응접실 쪽의 커튼을 올렸다.

9

걸어오는 것을 보니까 꼭 육십쯤 되어 보이는 작은 남자였다.

"선생님, 먼저 제가 뵈었으면 하는데요. 좀 말씀드릴 일이 있어서요."

말투는 무겁고 느릿느릿하며 약간 단조로웠다. 태도는 조심스러우며 품위가 있어 보였다.

앙투안은 조심스럽게 문을 닫고 의자를 권했다.

"에른스트입니다…. 필립 박사한테서 들으셨을 줄 압니다만… 감사합니다." 하면서 그는 앙투안이 권한 의자에 앉았다.

호감이 가는 얼굴이었다. 눈은 푹 들어가고 눈매는 함축성 있게 슬픈 빛을 띠고 있었으나, 초롱초롱하게 빛나는 것이 젊은 인상을 주었다. 반면 얼굴은 노인 그대로였다. 야위고 주름살이 있으며, 몸은 건장한데도 초췌해 보이고, 살갗은 반반한 데가 한구석도 없이 온통 우툴두툴했다. 이마, 볼, 턱 언저리는 손가락으로 빚어 만들다가 파헤친 것 같았다. 짧고 거칠며 쥣빛 나는 수염은 얼굴을 둘로 갈라놓았다. 머리 위에 듬성듬성 붙어 있는 희끄무레한 머리털은 모래 언덕 위에서 자라는 풀을 연상케 했다.

상대는 앙투안이 몰래 관찰하고 있는 것을 알아차렸을까?

"저희들은 꼭 이 아이의 조부모같이 보이지요." 그가 슬픈 투로 말했다. "실은 결혼이 굉장히 늦었습니다. 저는 지금 교사로 샤를마뉴 고등학교에서 독일어를 가르치고 있습니다."

'에른스트' 앙투안은 생각했다. '저 악센트로 보아… 알자스 출신임에 틀림없군.'

"바쁘신데 폐를 끼쳐 죄송합니다만 어쩔 수가 없었습니다. 선생님께서 이 아이를 보아주신다고 하기에 말씀드릴 것이 있어서요. 조용히 말씀드릴 것이 있는데…." 하면서 그는 눈을 들었다. 그의 두 눈은 어두운 그림자로 뒤덮여 있었다. 그는 확실하게 말했다. "실은 집사람도 모르는 사실을 말씀드리고 싶어서요."

앙투안은 알겠다는 표시로 머리를 숙였다.

"실은" 상대는 있는 용기를 다 모으듯이 말했다. (그는 분명 말할 것을 미리 준비하고 있었을 것이다. 먼 곳을 바라보며, 침착하게 덤비지 않고, 말하는 데 이골이 난 사람처럼 말하기 시작했다.)

앙투안은 에른스트가 자기 쪽을 보기 싫어하는 것을 눈치챘다.

"1896년, 제가 마흔한 살 되던 해에 저는 베르사유에서 교사로 재직하고 있었습니다." 목소리는 침착성을 잃어가고 있었다. "당시 저는 약혼한fiancé 몸이었습니다." 그는 특히 'i' 발음을 울리면서 말했다. 세 음절의 이 단어fiancé를 마치 아르페지오 화음의 음부音符같이 굉장한 울림을 붙여 발음했다.

그는 더 퉁명스럽게 말을 이었다.

"그런데 저는 드레퓌스 사건 때 열성적인 드레퓌스 편이었습니다. 선생님은 젊으시니까 당시의 사상적인 비극은 경험 못 하셨겠지요…." (그는 쉰 것 같은 장중한 목소리로 힘을 주어 '비극'이라고 발음했다.) "…그러나 당시 공무원이면서 동시에 열렬한 '드레퓌스주의자'라는 것이 얼마나 어려웠는지는 짐작하실 수 있을 겁니다" 하며 말을 계속했다. "저는 스스로 위험한 일에 말려드는 사람들 축에 낀 셈이지요." 절도 있고 아무런 허세 같은 것이 보이지는 않았으나 지극히 확고한 말투로 미루어 보아 앙투안은 이 조용한 노인, 얼굴은 울툭불툭하고 턱은 고집스러운 데다가 눈은 아직도 검은 광채를 띠고 있는 이 노인을 통해, 십오 년 전 옛날로 거슬러 올라가 그 무모함, 정력, 신념이 어떠했을까를 상상해볼 수 있었다.

“이런 이야기를 하는 건” 에른스트는 말을 이었다. “1896년 신학기가 되자 제가 어떻게 해서 알제 고등학교로 좌천당했는지 말씀드리고자 해서입니다. 한편 결혼 문제를 말씀드리면…” 하고 그는 부드럽게 말했다. “…그녀의 동생, 그녀의 유일한 혈육이었던 동생은 선원이었는데—상선의 선원 말입니다. 아무래도 상관없습니다만—그와 나는 의견이 엇갈렸고 결국 약혼은 깨지고 말았습니다.” 그는 사실을 있는 그대로 설명하려고 애쓰는 빛이 역력했다.

그는 한층 가라앉은 목소리로 말을 계속했다.

“아프리카에 도착한 지 넉 달 만에야 제가… 병에 걸려 있다는 것을 알았습니다.” 목소리는 다시금 누그러지는 것 같았다. 그는 다시 몸을 꿋꿋이 했다. “말하기를 두려워해서는 안 되겠지요. 저는 매독에 걸렸습니다.”

‘아, 저런’ 하고 앙투안은 생각했다. ‘…그래서 아이가 …그랬었구나….’

“저는 곧 알제 의과대학 선생들을 만나보았습니다. 그들의 권고에 따라 그곳에서 가장 이름난 전문의의 치료를 받게 되었지요.” 그는 그 의사의 이름을 말하기를 주저했다. “로르 박사라는 분이었습니다. 그의 업적은 대충 아시리라고 믿습니다만” 하고 그는 앙투안 쪽을 보지 않고 마침내 그 이름을 밝혔다. “병은 처음에는 하나의 증상으로만 나타났을 뿐이었습니다. 저는 치료를 꼬박꼬박 받는 그런 사람이었지요. 가혹한 치료도 저는 감수했습니다. 그런데 사 년 뒤, 드레퓌스 사건이 진정된 뒤에 다시 파리에 오게 되었을 때, 로르 박사는 벌써 일 년 전부터 제가 완쾌되어 있다고 제게 분명히 일러주었습니다. 저는 그 말을 믿었습니다. 사실 그 뒤로 아무런 증상도, 재발의 징조 같은 것도 전혀 느끼지 못했으니까요."

그는 침착하게 얼굴을 돌려 앙투안의 시선을 찾았다. 앙투안은 주의 깊게 듣고 있다는 시늉을 했다.

앙투안은 그저 듣고 있는 것만으로는 만족할 수 없었다. 그는 상대를 관찰하고 있었다. 상대의 모습과 태도에서 그는 점잖은 독일어 교사의 근면하고 착실한 생애가 과연 어떤 것이었나를 생각해보았다. 그는 지금까지 비슷한 사람들을 보아왔다. 그러나 이 사람이야말로 그 직업 이상의 훌륭한 사람이라는 것을 짐작할 수 있었다. 또한 오랫동안 신중함과 예의가 넘치는 자기 반성에 익숙해온 사람이라는 것도 느꼈다. 그것은 훌륭한 자질을 지닌 사람들이 고생스러운 생활, 보상이 뒤따르지 않는 실속 없는 삶을 살아가면서도 충실하고 꿋꿋하게 살아가기로 결심했을 때 필연적으로 주어지는 것이었다. 파혼 이야기를 하는 그 어조에서도 외로운 생활 속에서의 사랑의 파국이 과연 어떤 것이었을까를 충분히 짐작하고도 남았다. 또 반백의 이 교사의 자제하는 듯하면서도 정열적인 시선은 청년 같은 신선한 감각을 감동적으로 드러내 보였다.

"프랑스에 돌아온 지 육 년 만에" 하며 그는 말을 이었다. "약혼녀는 동생을 잃었습니다." 그는 주저하며 말을 더듬거리더니 이렇게 중얼거렸다. "저는 약혼녀와 재회할 수 있었는데…."

이번에는 마음의 동요 때문에 그는 말을 중단할 수밖에 없었다.

앙투안은 고개를 숙인 채 점잖게 기다리고 있었다. 그는 에른스트의 목소리가 갑자기 불안스러운 어조를 띠며 높아지는 것을 듣고 놀랐다.

"선생님, 저는 선생님께서 이런 전력을 가지고 있는 인간을 어떻게 생각하시는지 모르겠습니다…. 그런 병, 그런 치료, 모든 것은 벌써 십 년 전에 있었던 옛이야기이며 잊혀진 이야기입니다…. 그리고 저는 벌써 오십이 넘었습니다…." 그는 한숨을 지었다. "저는 일생 동안 외톨이라는 생각으로 괴로워해 왔답니다…. 이거 공연히 두서없는 말씀을 드려서…."

앙투안은 고개를 들었다. 그는 에른스트의 얼굴을 보지 않아도 알 수 있었다. 학자라고 하면서 자기 자식을 심신 장애자로 만들었고… 그것만으로도 이미 살을 에는 듯한 고통이었으리라. 그러나 그것도 다음에 털어놓은 고통에 비하면 아무것도 아니었다. 이 아버지는 모든 책임이 자신에게 있다고 여기면서 회한에 마음을 찢기면서도 자신이 만든 운명에 속수무책이 아니었던가?

에른스트는 힘없는 목소리로 설명을 계속했다.

"하지만 저는 마음에 걸리는 것들이 있었습니다. 의사에게 진찰받아 보았으면 하는 생각이 들어 그렇게 해보려고 마음도 먹어보았습니다만 그만두었지요. 진실을 말하는 것을 두려워하면 안 되겠지요. 하지만 그렇게 해도 쓸데없는 짓이라는 것을 알아차렸습니다. 저는 마음속으로 로르 박사가 말해준 것을 되새겼습니다. 핑계를 찾은 것이지요. 어느 날 저는 친구 집에서 어떤 의사를 만났습니다. 그래서 저는 이야기를 그쪽으로 돌려 **철저하게** 완치될 수 있다는 것을 다시 한번 확인받았지요.

이제 그것으로 모든 불안은 말끔히 씻을 수 있었습니다…."

그는 다시 말을 잠시 멈추었다가 계속했다.

"더구나 저는 이렇게 생각했습니다. 이 나이쯤 된 여자라면… 애를…가질 염려는 없겠지…."

그는 흐느낌으로 목이 메는 듯했다. 머리를 숙이지는 않았으나 꼼짝도 않은 채 두 주먹을 불끈 쥐고 있었다. 목의 근육을 어찌나 세차게 내밀었던지 앙투안에게도 근육이 떨리는 것이 보일 정도였다. 눈물로 아롱진 두 눈은 더욱 빛나 보였다. 그는 어떻게 해서든지 말하려고 애를 썼다. 그리고 비통한 표정을 지으며 떨리는 목소리로 더듬더듬 말했다.

"그 애가… 가엾어서… 선생님!"

앙투안은 가슴이 미어지는 것 같았다. 다행히 그에게 격렬한 감동은 거의 언제나 마음을 들뜨게 하는 흥분을 불러일으켰고, 그 흥분은 곧 뭔가를 결정짓고 움직이고자 하는 강렬한 욕망으로 나타나곤 했다.

그는 조금도 주저하지 않았다.

"그래서… 그게 대체 어쨌다는 거지요?" 앙투안은 놀란 듯이 물어보았다.

앙투안은 고개를 들고 눈살을 찌푸리며, 멍하니 듣고 있었기 때문에 상대가 무어라고 말했는지 좀 이해하기 어렵다는 표정을 지었다. "애당초 치료를 받아 완-전-히 고치셨다는 그… 그 사건과 그리고… 그 아이의—일시적일지 모르는—장애 증상과는 무슨 관계가 있습니까?"

에른스트는 얼빠진 사람처럼 그를 바라보고 있었다.

앙투안의 얼굴은 환한 미소로 밝아졌다.

"과연 말씀을 들으니까 그런 염려도 하실 만하군요. 하지만 저는 의사입니다. 그러니까 단도직입적으로 말씀드리겠습니다. 과학적으로 보면 그런 염려는… 터무니없는 것입니다!"

교사는 앙투안 쪽으로 걸어오기라도 하려는 듯이 자리에서 일어났다. 그러나 똑바로 선 채 눈을 크게 뜨고는 꼼짝도 하지 않았다. 그는 깊고 폭넓은 내면 생활을 가지고 있어서, 무언가 마음에 꺼림칙한 생각이 들면 그것을 어느 정도 스스로 수습하기 전에는, 거기에 온 정신이 팔려버리는 그런 사람들 가운데 하나였다. 이 큰 회한을 가슴속에 품어온 이래로 그는 이제야—더구나 이 고통을 의논 상대인 아내에게조차 밝히지 못했다—비로소 한숨 돌리고 어깨의 짐을 벗을 수 있을 것 같은 희망을 갖게 되었다.

앙투안은 이 모든 것을 알아차릴 수 있었다. 그러나 그 이상 자세한 것을 물어서 상대로 하여금 그럴듯하고 더 곤란한 거짓말을 하게 해서는 안 될 것 같아, 짐짓 화제를 다른 곳으로 돌렸다. 그는 사람을 의기소침하게 만드는 그런 공상에 질질 끌려가는 것이 쓸데없는 일이라고 여기는 것 같았다.

"아이는 조산이었나요?" 그가 불쑥 물었다.

교사는 눈을 끔뻑거렸다.

"아이가요? …조산이었냐고요? …아니요."

"출산은 힘들었습니까?"

"네, 대단히 힘들었습니다."

"그럼 겸자鉗子를 썼나요?"

"네, 그렇습니다."

"아!" 앙투안은 중대한 증거를 포착했다는 듯이 말했다. "그 말을 들으니까 어느 정도 짐작이 가는군요….” 그러고는 이야기를 빨리 끝내려고 “그럼 어디 아이를 좀 보여주세요….” 하고 자리에서 일어나 응접실 쪽으로 향하며 말했다.

그러나 교사는 빠른 걸음으로 그를 쫓아가 앞을 가로막으며 그의 팔 위에 손을 얹었다.

“선생님, 정말입니까? 정말이지요? 그렇게 말씀하시는 것은 설마… 아, 선생님, 제발 저에게 맹세해주십시오. 맹세해주세요, 선생님….”

앙투안은 돌아섰다. 그의 눈에 호소하는 듯한 교사의 얼굴이 보였다. 그 얼굴에는 이미 믿고 싶다는 간절한 마음과 무한한 감사의 뜻이 섞여 있었다. 어떤 야릇한 환희가 앙투안을 사로잡았다. 일을 벌인 다음에 그 일이 성공했다는 환희. 일을 잘 해냈다는 환희. 어린아이에 관한 문제는 지금부터 생각할 일이고. 이제 아버지에 대해서는 주저할 것이 없다. 어떻게 해서든지 이 불행한 남자를 그러한 무익한 절망으로부터 구해주어야지!

그는 자기의 시선을 똑바로 에른스트의 눈 속에 쏟아부었다. 그리고 낮은 목소리로 엄숙하게 말했다.

“맹세합니다.”

그러고 나서 잠시 입을 다물고 있다가 문을 열었다.

응접실에는 검은 옷을 입은 나이 든 부인이 부스럭거리는 밤색 머리 소년을 무릎 사이에 붙잡아두려고 애를 쓰고 있었다. 소년의 모습이 먼저 앙투안의 온 주의를 끌었다. 문 여는 소리에 소년은 지금까지 놀던 것을 멈추고 크고 검은 또렷또렷한 눈을 이 낯선 사람에게 돌렸다. 그러고는 미소를 지었다. 하지만 그런 자신의 미소가 무안한 듯 곧 화난 것 같은 표정을 지으며 고개를 돌려버렸다.

앙투안은 어머니 쪽으로 눈을 돌렸다. 온화함과 슬픈 기색이 가득한 그녀의 모습은 핏기 없는 얼굴을 돋보이게 했다. 앙투안은 그 모습에 솔직히 감동을 받았다. 그리고 곧 이렇게 생각했다. '그렇다… 해보는 거다… 하면 언제나 결과가 나오는 법이니까!'

"부인, 이쪽으로 와주실까요?"

그는 동정 어린 미소를 보냈다. 처음부터 이 불쌍한 여인을 안심시키기 위한 동정심을 베풀고 싶었다. 뒤에서는 괴로워하는 듯한 교사의 숨소리가 들려왔다. 그는 들어 올린 커튼을 꼭 쥐고는 어머니와 아이가 들어오는 것을 바라보고 있었다. 그의 마음은 한없이 즐거웠다. '얼마나 훌륭한 직업인가, 참으로 훌륭한 직업이구나!' 그는 마음속으로 되새겼다.

10

저녁까지 환자는 계속 찾아왔다. 그러나 앙투안은 피로한 것도, 시간이 가는 것도 의식하지 못했다. 응접실 문을 열 때마다 그의 활력은 저절로 되살아났다. 마지막 환자를 보내고 난 뒤에—거의 완전히 실명 상태에 이른 튼튼한 갓난아이를 가슴에 꼭 껴안은, 젊고 아름다운 여인이었다—앙투안은 여덟시가 된 것을 알고 놀랐다. '그놈의 소아 염종炎腫 봐주느라 늦었군' 하고

그는 생각했다. '베르뇌유가街에는 오늘 밤 에케 집에 갈 때 들러야지.'

그는 서재에 돌아와 방 안 공기를 환기시키려고 문을 열었다. 그리고 책을 가득 올려놓은 낮은 테이블 앞으로 걸어갔다. 식사하는 동안에 읽을 책을 찾았다. '그런데' 하고 그는 생각했다. '에른스트의 아이를 위해 무엇인가 확인해보려고 생각했었지.' 그는 실어증에 관한 1906년의 유명한 논쟁을 찾아보려고 신경학 잡지의 묵은 호를 급히 뒤적거렸다. '그 애의 경우는 아주 전형적인 것이로군.' 그는 생각했다. '트뢰이야르 선생한테 말해봐야지.'

그는 트뢰이야르 선생의 그 유명한 괴벽을 생각하면서 즐거운 미소를 지었다. 그리고 이 신경학자 밑에서 보낸 인턴 근무 일 년을 생각해보았다. '무슨 바람이 불어 그곳에 들어가 있었을까?' 그는 마음속으로 자문해보았다. '그러고 보면 이런 문제는 전부터 내 마음속에 있었던 것이야…. 신경 계통, 정신 계통에 종사했더라면 더 훌륭한 역량을 발휘했을지도 모르지…. 아무튼 이 방면에 미개척 분야가 많이 남아 있으니까….' 그런데 돌연 그의 눈앞에는 라셀의 모습이 떠올랐다. 왜 그녀 생각이 날까? 물론 라셀은 의학이나 과학에 관해 아무런 교양도 없었으나 모든 심리 문제에 대해서는 깊은 흥미를 느끼고 있었던 것이 사실이다. 아무튼 그녀는 그가 오늘날 인간에 대해 이렇게 대단한 관심을 가지게 된 것에 부인할 수 없는 공헌을 했던 것이다. 이 점은 그 자신도 이미 여러 차례 확인한 바 있지 않았었는가? 짧은 시일이었지만 라셀과의 만남은 참으로 여러모로 그를 변모시켰던 것이다.

그의 시선은 흐려져 우울한 빛을 띠었다. 그는 어깨를 축 늘어뜨리고 선 채, 엄지와 집게손가락 사이에 끼고 있던 잡지를 흔들고 있었다. 라셀…. 그는 자기 삶의 일부를 스쳐간 그 불가사의한 여인을 비통한 충격 없이는 회상할 수가 없었다. 그 뒤로 그녀로부터는 아무런 소식도 없었다. 그렇다고 그는 그 사실을 놀랍게 여기지도 않았다. 그녀가 아직 이 세상 어딘가에 살아 있다고는 생각하지 않았기 때문이다. 풍토병이나 열병에 쓰러졌든지… 아니면 체체파리*에 희생되었을지도… 사고를 당해 죽지 않았으면 물에 빠져 죽었거나 목이 졸리었을지도? …어쨌든 죽었다는 사실은 의심할 여지가 없었다.

그는 일어나 잡지를 옆에 끼고 옆방으로 갔다. 그리고 저녁 식사를 위해 레옹을 불렀다. 그 순간 필립 박사가 빈정거리던 말이 문득 생각났다. 어느 날 박사가 잠깐 나갔다가 돌아올 때, 앙투안은 새로 병원에 입원한 환자에 대해 박사에게 보고를 했다. 그때 박사는 그의 팔에 손을 얹으며 농담 반 진담 반으로 이렇게 말한 적이 있다.

"자네 참 걱정스럽군. 자넨 환자들의 정신 상태에 대해서는 점점 더 관심을 가지면서 그들의 병 자체에는 오히려 점점 무관심해지고 있으니 말이야!"

식탁 위 수프 접시에서는 김이 나고 있었다. 앙투안은 의자에 앉으며 자신이 피곤해져 있음을 느꼈다. '하지만 얼마나 훌륭한 직업인가' 하고 그는 생각했다.

* 아프리카에서 풍토병을 옮기는 흡혈 파리.

그의 뇌리에는 지젤과의 대화가 다시 생각났다. 그러나 그는 재빨리 잡지를 펼치며 그 기억을 떨쳐버리려고 애썼다. 헛수고였다. 방 안의 분위기는 온통 지젤과 있을 때의 기억으로 가득 차, 명백한 증거와도 같이 그의 마음을 짓눌렀다. 지난 몇 달 동안 머릿속에서 떠날 줄 모르는 여러 가지 일들을 회상해보았다. 한여름 내내 어떻게 그런 근거 없는 계획을 구상할 수 있었을까? 깨진 꿈을 앞에 놓고 있는 그로서는 마치 연극이 끝난 뒤에 무대 장치의 잔해들 앞에 서 있는 그런 기분이었다. 무대 장치의 해체 작업이란 한낱 먼지만을 남겨놓는 것이다. 그러나 그는 그렇게 괴로워하지는 않았다. 다만 자존심이 상해 있을 뿐이었다. 그런 모든 일이 그에게는 대수롭지 않고 유치하며 또한 어울리지 않는 일같이 여겨졌다.

때마침 현관에서 울리는 초인종 소리가 그를 꿈에서 깨어나게 했다. 그는 즉시 냅킨을 펼쳐놓은 다음 식탁보 위에 주먹을 올려놓았다. 뜻하지 않은 일이 일어나면 언제라도 대처할 수 있는 자세를 취하고 귀를 기울였다.

처음에는 여자들이 잡담을 하며 무엇인가 속삭이는 것 같았다. 그러자 문이 열렸다. 앙투안은 레옹이 두 여자 방문객을 아무 거리낌 없이 방으로 데리고 들어오는 것을 보고 놀랐다. 그들은 티보 씨 집에서 심부름하는 여자들이었다. 처음에는 어둠 속에 서 있었기 때문에 앙투안은 그 여인들을 잘 알아보지 못했다. 그러나 두 여인이 자기를 부르러 달려오는 것으로 생각하고 그는 자리에서 벌떡 일어났다. 그 바람에 의자가 뒤로 쓰러졌다.

"아니에요, 아니에요…." 두 여자는 아주 당황해하면서 부르

짖었다. "앙투안 씨, 용서해주세요. 방해할 생각은 없었습니다만, 오다 보니까 시간이 그만 이렇게 되었군요!"

'꼭 아버지가 돌아가신 줄로 생각했지.' 앙투안은 생각했다. 그리고 자신이 이미 그런 마지막 소식을 어느 정도 각오하고 있다는 것을 깨달았다. 머릿속에서는 곧 정맥염 장애로 인한 혈전 현상이 있을 법하다는 생각이 떠올랐다. 그런 돌발적인 사건이 오히려 질질 끄는 병고에서 벗어나게 할 수도 있다고 생각했던 그는 실망 같은 것을 느끼지 않을 수 없었다.

"자, 앉으시지요." 그가 말했다. "나는 식사를 계속할 테니까. 오늘 밤 여러 군데 왕진할 곳이 있어서."

두 여자는 서 있었다.

그녀들의 어머니인 잔 할머니는 벌써 이십오 년 동안 티보 씨 집에서 가정부로 일해왔다. 그러나 지금은 그녀 말대로 '골골 팔십'이라서 일도 못 하고, 두 다리는 정맥혹으로 부어올라 일에서는 손을 뗀 지 오래다. 딸들이 그녀를 위해 의자를 화덕 앞에 놓아주면, 그녀는 습관적으로 손에 부젓가락을 들고 자기는 무엇이든지 다 알고 있다는 이야기부터 시작해서, 가끔 마요네즈 정도는 버무릴 수 있으니까 가져오라는 등, 아직도 자신이 무엇엔가는 도움이 된다는 마지막 꿈을 안은 채 언제나 그 화덕 앞에서 지냈다. 그리고 아침부터 밤까지 딸들에게 귀찮을 정도로 잔소리를 하는 것이었다. 딸들이라고 해도 둘 다 이미 서른 고개를 넘었다. 언니인 클로틸드는 건장한 체격으로 부지런하기는 하나 별로 상냥한 편이 못 되었으며, 수다스럽기는 해도 일에는 몸을 아끼지 않았다. 오랫동안 고향의 농장에서 일해온 그녀는 자기 어머니처럼 거친 기질과 괄괄한 말투가 몸에 배어 있었다. 지금 그녀가 부엌일을 맡고 있었다. 언니에 비하면 훨씬 날씬한 아드리엔은 수도원에서 자라 계속 도시에 있었다. 그녀는 내의류라든가 감상적인 노래라든가 그리고 작업대 위에 놓인 작은 꽃다발, 생 토마 다캥 성당의 장엄한 성무聖務 따위를 좋아했다.

여느 때처럼 클로틸드가 먼저 입을 열었다.

“실은 어머니 일인데요, 앙투안 씨. 사나흘 전부터 무척 괴로워하고 계세요. 배 오른쪽 부분이 많이 부었어요. 밤에도 통 잠을 못 이루시고. 화장실에 갈 때엔 꼭 어린애같이 칭얼거리십니다. 그러면서도 병에 대해서는 고집이 세셔서 입 밖에 내지도 못하게 하십니다. 앙투안 씨! 한번 아무렇지도 않게 오셔서 —아드리엔, 그렇지? —앞치마 밑의 그 혹을 살짝 봐주실 수 있을까 하고요.”

“아, 그런 것쯤이야.” 앙투안은 수첩을 꺼내며 말했다. “내일 아무 핑계나 만들어서 부엌으로 들어가지.”

아드리엔은 언니가 설명을 하고 있는 동안에 앙투안의 접시를 바꾸기도 하고 빵 바구니를 앞에 놓아주기도 하며, 언제나 하는 습성대로 바삐 시중을 들고 있었다.

그녀는 아직까지 한마디도 하지 않았다. 그러다가 주저하는 목소리로 물었다.

“선생님 생각으로는… 나빠질 수도 있다고 믿으세요?”

‘그렇게 갑자기 커지는 혹이라면…’ 하고 앙투안은 생각했다. ‘나이도 나이니까 수술도 어려울 테고!’ 그는 이런 경우에 일어날 수 있는 모든 것을 가혹하리만큼 정확하게 상상해보았다. 그 혹의 예상치 못한 발육, 그로 인한 해독, 그 결과 내장 기관에 오게 될 압박…. 더 심각한 것은 많은 경우에 산송장같이 되어버리는 그 무섭고도 완만한 육체 분해 증상이었다….

그는 눈썹을 치켜올리고 입언저리에 침울한 빛을 띠었다. 겁에 질려 있는 여인들의 눈을 바라볼 용기가 나지 않았다. 그렇다고 거짓말은 할 수 없었다. 그는 접시를 밀어내고 애매한 몸짓을 해 보였다. 그때 침묵을 견디다 못한 클로틸드가 재빨리 그의 말을 대신했다.

"물론 미리 이러쿵저러쿵 말씀드릴 필요는 없을 것 같고. 하여튼 선생님께서 우선 와서 봐주셔야지. 그러나 한 가지는 말할 수 있지. 내 죽은 남편의 어머니는 십오 년 이상이나 배가 불러 앓다가 결국 폐렴으로 돌아가셨지 뭐야!"

11

십오 분 뒤에 앙투안은 베르뇌유가街 37번지 을 호에 도착했다.

어둠침침한 작은 마당을 향해 있는 낡은 건물의 칠층. 가스 냄새가 나는 복도 입구에 삼 호실 문이 있었다.

로베르가 램프를 들고 문을 열어주었다.

"동생은 좀 어때?"

"나았습니다!"

램프의 불빛은 솔직하고 쾌활하며 나이에 비해 성숙한 소년의 시선을 비추고 있었다. 그리고 그의 얼굴 전체는 조숙한 활력으로 긴장되어 있었다.

앙투안은 미소를 띠었다.

"어디 한번 볼까!" 그는 손수 램프를 높이 쳐들어 두루 살펴보았다.

방 한가운데는 방수포로 뒤덮인 둥근 식탁이 육중하게 놓여 있었다. 로베르는 거기에서 분명 무엇인가를 쓰고 있었던 것 같다. 뚜껑이 열린 작은 잉크병과 높이 쌓인 접시 사이에 커다란 공책이 놓여 있었다. 접시 위에는 두껍게 썬 빵 한 조각과 고구마 두 개가 초라한 '정물靜物'을 이루고 있었다. 방 안은 깨끗하게 정돈되어 있었다. 비교적 안락한 느낌을 주었다. 공기는 후텁지근했다. 벽난로 앞에 놓인 작은 난로 위에서는 물주전자가 지글거리며 끓고 있었다.

앙투안은 방구석에 있는 높은 마호가니 침대 쪽으로 걸어갔다.

"자고 있었니?"

"아니요, 선생님."

깜짝 놀라 잠에서 깨어난 것이 틀림없는 환자는 아프지 않은 쪽의 팔꿈치를 세워 몸을 일으켰다. 그리고 스스럼없이 미소를 지으며 눈을 크게 떴다.

맥박은 정상이었다. 앙투안은 가지고 온 가제 상자를 침대용 소탁자 위에 놓고 붕대를 풀기 시작했다.

"난로 위에 끓고 있는 것이 뭐지?"

"물입니다." 로베르가 웃으며 말했다. "수위 아주머니가 준 보리수로 차를 만들려고요." 갑자기 눈을 찡긋해 보였다. "좀 드시겠어요? 설탕을 좀 넣어서? 들어보세요, 선생님! 네, 드신다고 말씀해주세요!"

"아니, 정말 괜찮아." 앙투안은 유쾌한 어조로 말했다. "그런데 내가 이걸 씻으려면 끓는 물이 필요한데. 깨끗한 접시에 따라다오. 좋아, 좀 식을 때까지 기다리지." 그는 의자에 앉았다. 그리고 오래전부터 알고 있는 친구나 되는 것같이 미소 짓고 있는 두 소녀을 바라보았다. 이런 생각이 들었다. '솔직한 것 같아 보이는군. 하지만 누가 알아?'

그는 형 쪽으로 몸을 돌렸다.

"그런데 도대체 너희 또래의 아이들이 이렇게 둘이서만 살고 있으니 어떻게 된 거야?"

로베르는 애매한 몸짓을 하고 눈썹을 찌푸리면서 이렇게 말하는 것 같았다. '하지만 별수 없는 걸요!'

"부모님은 어떻게 되셨지?"

"저어, 부모님은…" 하고 마치 먼 옛날이야기나 되는 것처럼 로베르가 말했다. "우리들은 이모와 함께 살고 있었어요." 소년은 생각에 잠기는 듯했다. 그러고는 큰 침대를 손가락으로 가리켰다. "그런데 이모는 팔월 십일 밤중에 돌아가셨어요. 일 년 조금 더 되었군요. 우리들은 정말 혼났어요. 안 그래, 루루? 다행스럽게도 우리는 수위 아주머니와 친한 사이였답니다. 수위 아주머니가 집주인한테 아무 말도 안 했기 때문에 여기에 그대로 있게 된 것이지요."

"그럼 집세는?"

"내고 있어요."

"누가?"

"우리들이요."

"그러면 그 돈은 어디서 나오지?"

"물론 벌지요. 제가요. 왜냐하면 동생은 일이 잘 안 되어서요. 딴 일을 구해야 될 거예요. 그르넬가街에 있는 브로라고 아시지요? 동생은 지금 그 집에서 심부름을 하고 있어요. 식사는 안 하고 한 달에 사십 프랑. 벌이라고 할 수 없지 않아요? 구두창 갈이만 해도 얼마인데!"

소년은 입을 다물었다. 마침 앙투안이 찜질 가제를 떼고 있어서 그것을 유심히 들여다보고 있었다. 종기는 별로 곪지 않았다. 팔의 부기도 빠져 있었다. 상처는 잘 아물었다.

"그럼 너는?" 앙투안은 찜질 가제를 물에 적시며 물어보았다.

"저요?"

"그래, 너 말이야, 너는 벌이가 충분하냐고?"

"저어, 저는" 로베르는 처음에는 힘없이 말하다가 곧 기운차게 말을 이었다. "저는… 그럭저럭하고 있어요!"

앙투안은 놀라서 고개를 쳐들었다. 그리고 이번에는, 열정적이고 의지가 강한 그 작은 얼굴의 날카로우면서도 불안이 섞인 시선과 마주쳤다.

소년은 스스로 이야기하고 싶어 했다. 호구지책을 마련하는 것이 큰 과제이며 가장 중요한 문제였다고 했다. 그리고 철이 들면서부터 모든 생각은 끊임없이 그 일로 긴장되어 왔다는 것이다.

그는 모든 것을 이야기하고 싶고 속 이야기를 툭 털어놓고 싶은 마음에서 입심 좋게 말하기 시작했다.

"이모가 돌아가셨을 때 저는 서기 노릇을 해서 한 달에 육십 프랑밖에 못 받았어요. 그러나 지금은 재판소에서 일을 하고 있지요. 백이십 프랑의 고정 수입이 있답니다. 그리고 주임인 라미 씨가 매일 아침 서기들이 출근하기 전에 사무실 마루를 기름걸레로 닦는 일을 저한테 맡겼어요. 전임자였던 그 늙은 게으름뱅이 영감은 비가 온 다음 날 아니면, 사람 눈에 뜨이는 곳만 닦는단 말씀이에요. 유리창 앞에는 여전히 더러우니. 바뀌어서 제가 득을 본 셈이지요! …그 일로 팔십오 프랑을 더 벌게 되었으니까요. 게다가 저는 마루를 닦으면서 스케이트 놀이를 하는 것이 참 재미있거든요!" 그는 휘파람을 불었다. "또 그것뿐이 아니지요… 다른 수도 있어요."

소년은 조금 망설였다. 그리고 앙투안이 또 한 번 자기 쪽을 봐주기를 기다렸다. 소년은 대번에 상대의 마음속을 알아차린 것 같았다. 비록 마음은 놓였지만 말은 이렇게 시작하는 것이 신중하리라 믿는 것 같았다.

"제가 선생님께 이런 말씀을 드리는 것은 그럴 만하다고 생각하니까 하는 거예요. 그래도 되도록 모르는 체해주세요, 네?" 그러고는 목소리를 높이며 자기의 속사정 이야기에 차츰 열을 올리기 시작했다.

"선생님 댁 바로 앞 3번지 을 호의 수위인 조랭 부인을 아시지요? 그런데—아무한테도 말씀하지 마세요—그 아주머니는 특별한 손님을 위해 담배를 만들고 있어요…. 선생님도 흥미가 가시지요? …아니라고요? …그런데 그게 참 좋거든요. 부드럽고 딱딱하지도 않고. 그리고 가격도 싸고요. 이번에 한번 맛보시게 가져와 볼게요…. 그런데 그런 식의 판매는 절대 금지되어 있는 것 같아요. 그러니까 잡히지 않고 담배를 전하고, 돈도 남몰래 주고받으려면 요령 있는 누군가가 필요했던 겁니다. 그

일을 제가 한답니다. 사무실 일이 끝나면 여섯시부터 여덟시 사이에 아주 태연하게. 그 대신 아주머니는 일요일만 제외하고는 매일 제게 점심을 주지요. 그런데 그 음식이 아무렇게나 만든 요리가 아니거든요. 나무랄 데가 없는 요리랍니다. 참 경제적이지요! 더구나 단골손님들은 모두 부자라서 계산할 때마다 십 수 또는 이십 수씩 제게 팁을 주어요. 때에 따라 차이는 있어도… 뭐 그런 것들을 전부 합치면 그럭저럭 살아가게 되는 것이지요….”

잠시 침묵이 흘렀다. 앙투안은 소년의 말투만을 듣고도 그의 눈에 자랑스러워하는 빛이 감돌고 있으리라 직감할 수 있었다. 하지만 그는 일부러 얼굴을 들지 않았다.

로베르는 신이 나서 쾌활하게 이야기를 계속했다.

“저녁에 돌아올 때면 루이는 아주 지쳐 있어요. 여기서 식사를 하지요. 수프라든가 계란이라든가 치즈 따위는 금방 요리가 된답니다. 그런 것이 식당 같은 데서 먹는 것보다 훨씬 좋거든요. 루이, 안 그래? 그리고 저는 틈만 나면 출납 계원을 위해 장난삼아 가끔 장부 표지 위에 제목 글씨를 써주지요. 참 좋아요. 예쁜 원형 필체로 쓴 깨끗한 제목, 재미로 하지 않으면 못하지요. 사무실에서 그들은…”

“안전핀을 좀 다오.” 앙투안이 말을 막았다. 소년이 수다를 떨며 자기를 재미나게 해주는 데 흥미를 느끼지나 않을까 걱정한 나머지 그는 일부러 무관심한 체했다. 하지만 속으로 생각했다. ‘요놈들은 꽤 사귈 만한걸….’

붕대를 감아주는 일을 끝내고 팔을 다시 걷어준 뒤에 앙투안은 시계를 보았다.

"내일은 열두시쯤 해서 또 한 번 올게. 그다음은 네가 나한테 오너라. 금요일이나 토요일에는 다시 일할 수 있게 될 거다."

"고… 고… 고맙습니다, 선생님!" 마침내 꼬마 환자가 말을 했다. 변성기에 접어든 그 목소리는 격앙되다가 갑작스럽게 조용해지기 때문에 듣고 있던 로베르가 폭소를 터뜨렸다. 목을 졸리는 듯한 시끄러운 그 웃음소리에서는 너무나 신경질적인 이 어린 소년의 끊임없는 긴장감이 불현듯 엿보였다.

앙투안은 조끼 호주머니에서 이십 프랑을 꺼냈다.

"얘들아, 이건 얼마 안 되지만 이번 주에 보태 써라!"

그러나 로베르는 펄쩍 뛰며 뒤로 물러섰다. 그리고 눈썹을 찌푸리며 똑바로 얼굴을 들었다.

"농담이시겠지요! 절대로 안 됩니다! 말씀드렸다시피 필요한 만큼은 있다니까요!" 급한 나머지 억지로 쥐여주려는 앙투안을 납득시키기 위해 로베르는 결심한 듯 최후의 비밀을 털어놓았다. "저희들이 벌써 얼만큼 저금했는지 아세요? 한밑천은 되지요! 알아맞혀보세요! …천칠백 프랑! 네 그래요! 그렇지, 루이야?" 그러고는 마치 신파극의 배반자처럼 목소리를 낮추며 말했다. "그런데 내 조직이 잘 되어가면 자꾸자꾸 더 늘어날 텐데…."

그의 눈이 어찌나 강하게 빛났던지 앙투안은 호기심에 끌려 나가던 걸음을 잠시 멈추고 문지방에 서 있었다.

"또 한 가지 수가 있는데… 포도주나 올리브 열매나 여러 가지 기름 종류를 중개해서 파는 사람과 짜면 말예요. 바스 형제인데요, 사무소 서기예요. 내용은 이런 거예요. 오후에 재판소에서 돌아오는 길에 카페나 식료품 가게나 술 가게에 가는 거예요. 뭐, 아무도 상관없는 일 아니겠어요? 그리고 주문을 받는 거지요. 그러려면 말주변이 좋아야 한답니다. 그러나 그것도 하면서 점점 익히게 되겠지요…. 어쨌든 일주일 동안에 상당량을 팔았답니다! 그래서 번 돈이 사십 프랑! 그리고 바스 말로는 제가 조금 더 능숙하게 하면…."

앙투안은 칠층 계단을 내려오면서 줄곧 혼자 웃었다. 그의 마음은 완전히 그 아이들에게 끌렸던 것이다. 그 애들을 위해서라면 무엇이든지 해주었을 것이다. '별일은 아니지만' 하고 그는 생각했다. '너무 되바라지지 않게 감독할 필요가 있을 텐데….'

12

비가 내리고 있었다. 앙투안은 택시를 잡았다. 생 오노레 교외에 가까이 가자 기분 좋았던 마음은 자취를 감추고 얼굴에는 걱정스러운 빛이 감돌았다.

'어떻게 결말이 나주었으면 좋은 텐데.' 그는 오늘만 해도 벌써 세 번째로 에케의 집 계단을 맥없이 올라가면서 생각했다. 그는 한순간 자신의 소원이 이루어진 것으로 생각했다. 문을 열어준 가정부가 평소와 다른 눈으로 그를 바라보며 힘찬 걸음으로 다가와 그에게 무엇인가 말하려 했기 때문이다. 그러나 알고 보니까 그것은 단지 은밀한 전갈 때문이었다. 아기를 보러 가기 전에 주인마님께서 잠깐 방에 들러 말씀을 나누고자 한다는 것이었다.

그는 피할 수가 없었다. 방에는 환하게 불이 켜져 있고 문도 열려 있었기 때문이다. 들어서자마자 베개에 얼굴을 파묻고 있는 니콜의 머리가 눈에 띄었다. 그는 가까이 다가갔다. 니콜은 꼼짝도 하지 않았다. 졸고 있었던 것이다. 그런 그녀를 깨운다는 것은 못 할 짓이었다. 젊음을 간직한 그녀는 시름없는 모습으로 잠들어 있었다. 온갖 고뇌와 피로가 지금은 수면 속에 녹아버린 것이다. 앙투안은 이제 겨우 고통이 사라진 그녀의 모습에서 벌써 만족감에 젖어서 망각과 행복을 갈구하는 빛을 엿보고는, 놀란 나머지 꼼짝도 하지 않은 채 숨을 죽이며 물끄러미 그녀를 내려다보았다. 닫힌 진주와도 같은 눈꺼풀, 두 겹이 진 금빛 속눈썹, 아무 거리낌 없이 이렇게 축 늘어진 모습…. 꾸밈없는 아름다운 이 얼굴은 얼마나 마음을 설레게 하는가! 힘없이 곡선을 그린 입, 부드러움과 기대만을 엿볼 수 있는 반쯤 열린 그 입술, 얼마나 기막힌 매력인가! '어째서일까' 하고 그는 생각했다. '잠들어 있는 젊은 이 여인 얼굴에는 어째서 이토록 매혹적인 힘이 있는 것일까? 그리고 이처럼 언제나 감동하기 잘하는 남자의 불순한 동정 뒤에는 도대체 무엇이 있단 말인가?'

그는 발끝을 돌려 몸을 반쯤 돌리고는 발소리를 죽이며 방을 나왔다. 그리고 복도를 지나 어린애가 있는 방을 향해 걸어갔다. 벌써 칸막이를 한 벽을 통해 끊임없이 우는 어린애의 쉰 듯한 목소리가 들려왔다. 손잡이를 돌리고 문지방을 넘어선 그는 그곳에 뿌리박고 있는 나쁜 힘과 대치하려고 자신의 의지를 한 곳에 모으지 않으면 안 되었다.

에케는 방 가운데 있는 아이의 흔들침대 곁에 앉아서 두 손을 모아 조심스레 그것을 흔들어주고 있었다. 침대의 저편에는 밤을 꼬박 새우며 지키는 간호사가 베일을 쓰고 수그린 채, 양손은 앞치마 주름 위에 가지런히 모으고 직업상 지칠 줄 모르는 참을성 많은 태도로 기다리고 있었다. 한편 이자크 스튀들레는 여전히 삼베 셔츠를 입고 벽난로에 기대서서, 팔짱을 낀 채 한쪽 손으로 검은 수염을 만지고 있었다.

앙투안이 들어오는 것을 보고 간호사는 일어났다. 그러나 어린애 쪽으로 시선이 쏠려 있는 에케는 아무것도 모르는 듯했다. 앙투안은 어린애 침대 곁으로 걸어갔다. 그제야 에케는 그에게로 얼굴을 돌리고 한숨지었다. 앙투안은 이불 위에서 움직이고 있는 작고 뜨거운 손을 살짝 잡았다. 그러자 곧 어린애의 몸은 모래 속으로 파고 들어가는 벌레같이 움츠러들었다. 어린아이의 얼굴은 붉고 얼룩이 져 있었으며, 귀 뒤에 매달린 얼음주머니만큼이나 색깔이 어두웠다. 니콜의 머리털과 마찬가지로 금발인 곱슬머리는 땀과 찜질 때문에 젖었는지 이마와 볼에 착 달라붙어 있었다. 눈은 반쯤 감겨 있었고, 부어오른 눈두덩 밑에는 흐리멍덩한 눈동자가 마치 죽은 짐승의 눈알처럼 금속빛을 반하고 있었다. 흔들흔들하는 침대의 움직임 때문에 오른쪽 왼쪽으로 머리가 천천히 움직였다. 그리고 침대의 움직임은, 쉰 듯한 작은 목에서 흘러나오는 신음 소리와 박자를 맞추었다.

상냥한 간호사는 청진기를 가지러 가려고 일어섰다. 그러나 앙투안은 그럴 필요가 없다는 눈짓을 했다.

"니콜이 생각해낸 거야" 하고 에케는 이상스럽게 높은 어조로 말했다. 앙투안이 무슨 영문인지 못 알아들은 것으로 보였던지 그는 천천히 설명했다. "이것 봐, 이 흔들요람 있잖아? … 니콜의 아이디어야…." 그는 애매한 미소를 지었다. 완전히 혼란 상태에 빠져 있는 그는 이런 별것 아닌 일까지도 특별한 중요성을 띤 것으로 생각하는 듯했다.

그는 곧 말을 계속했다.

"그렇지… 칠층으로 찾으러 갔었어… 이 작은 요람 말이야! …칠층은 먼지투성이였어…. 좀 진정시키려면 이렇게 흔들어주는 수밖에 별도리가 없는 것 같아, 안 그래?"

앙투안은 감격스럽게 그를 지켜보았다. 앙투안은 이 순간에 자기의 연민이 아무리 지극하더라도 이러한 고통과는 전혀 비교가 안 된다는 것을 깨달았다. 그는 에케의 팔에 손을 얹었다.

"여보게, 자네는 몹시 지쳐 있어. 좀 누워야 할 텐데. 그렇게 몸을 학대한다고 해서 별수 있겠나?…"

스튀들레도 거들었다.

"오늘로 사흘 밤을 꼬박 새웠으니 말이야!"

"말을 들어야 하네" 하고 앙투안은 고개를 숙이며 말했다. "자네 기력도 정말 크게 필요할 때가 올 걸세…. 얼마 안 있다가 말이지." 그는 이 불행한 친구를 어떻게 해서든지 어린애 침대 곁에서 떼어놓고, 이 무모한 고통에서 한시라도 빨리 빠져나와 깊은 잠을 자도록 해주고 싶은 현실적인 욕망을 느꼈다.

에케는 아무 반응이 없었다. 그는 여전히 어린애를 흔들어주고 있었다. 그러나 그의 어깨는 마치 앙투안이 말한 '얼마 안 있으면'이라는 표현을 견디기가 벅차기라도 한 것처럼 점점 처져갔다. 이윽고 그는 스스로 일어나 간호사를 향해 요람 곁에 대신 와줄 것을 손짓으로 간청했다. 그러고는 두 뺨의 눈물도 닦지 않고 무엇인가를 찾는 듯 돌아다보았다. 마침내 그는 앙투안에게 다가왔다. 그리고 앙투안의 얼굴을 바라보려고 애썼다. 앙투안은 그의 두 눈의 표정이 몹시 변해 있는 것을 보고 놀랐다. 비록 근시안이지만 날카롭고 또렷하던 그 눈이 지금은 풀려 있는 것 같았다. 그 시선은 움직이는 데 시간이 걸렸으며 한군데를 볼 때면 무겁고 무기력해 보였다.

에케는 앙투안을 바라보았다. 그의 입술은 말하기도 전에 떨렸다.

"어떻게 해서든지… 무엇인가를 해주어야겠어." 그는 중얼거렸다. "저렇게 괴로워하고 있잖아…. 어떻게 저토록 고통을 받게 내버려두겠어, 안 그래? 용단을 내려서… 어떻게 해주어야겠어…." 그는 입을 다물고 스튀들레의 도움을 바라는 것 같았다. 그러고 나서 그는 다시 앙투안을 물끄러미 바라다보았다. "여보게 티보, 꼭 어떻게 해주어야겠어…." 그는 마치 앙투안의 대답을 피하기라도 하듯이 고개를 숙인 채 휘청거리는 발걸음으로 사라졌다.

앙투안은 잠시 그 자리에서 꼼짝도 하지 않았다. 갑자기 얼굴이 붉어졌다. 갈피를 잡을 수 없는 여러 가지 생각들이 머릿속에서 소용돌이쳤다.

스튀들레가 그의 어깨에 손을 얹었다.

"그래, 어떻게 하지?" 그는 앙투안을 바라보며 나지막하게 말했다. 스튀들레의 눈은 어떤 말馬의 눈을 연상시켰다. 길게 찢어지고 너무나 휑한 눈. 축축한 흰자위 속에 힘없는 눈동자가 천천히 헤엄치고 있었다. 지금 그의 눈길은 에케와 똑같이 한곳을 응시하며 긴장되어 있었다.

"어떻게 할 거야?" 스튀들레가 작은 소리로 물었다.

짧은 침묵이 흐르는 동안에 두 사람의 생각이 서로 마주쳤다.

"나 말이야?" 하고 앙투안은 얼버무렸다. 그러나 그는 스튀들레가 꼭 설명을 듣고 싶어 한다는 것을 알아차렸다. "그거야 나도 알지만…" 하고 그가 별안간 소리 질렀다. "그렇다고, 그가 **어떻게 해달라**고 했다 해서 그것을 아는 체할 수는 없지 않나!"

"쉬…" 하고 스튀들레가 속삭였다. 그는 간호사 쪽을 한번 흘끗 보고는 앙투안을 끌고 복도로 나와 문을 닫았다.

"그렇다면 자네는 다른 방법은 절대로 쓸 수 없다는 생각이야?"

"절대로."

"그렇다면 이젠 전혀 희망이 없다는 말인가?"

"전혀."

"그렇다면?"

은연중에 절박감이 엄습해 오는 것을 느낀 앙투안은 반발하기라도 하듯 침묵 속으로 파묻혀버렸다.

"그렇다면?" 스튀들레가 분명하게 말했다. "주저할 때가 아니네. 한시라도 빨리 끝내버리는 거야!"

"자네와 같은 생각일세. 그랬으면 좋겠어."

"그랬으면 하는 것으로는 불충분해."

앙투안은 얼굴을 들었다. 그리고 단호하게 말했다.

"그렇다고 더 이상 어떻게 할 수도 없어."

"있지!"

"없어!"

이야기가 너무 험악해지자 스튀들레는 잠시 입을 다물었다.

"그 주사 말이야…" 그가 마침내 말을 이었다. "…나는 잘 모르지만… 분량을 좀 늘린다면…"

앙투안은 단호하게 상대의 말을 막았다.

"입 닥쳐!"

그는 격렬한 분노에 사로잡혔다. 스튀들레는 아무 말 않고 그를 쳐다보고 있었다. 앙투안의 눈썹은 거의 직선을 이룬 채 경직되어 있었다. 얼굴 근육은 입언저리가 올라갈 정도로 무의식중에 경련을 일으켰다. 그리고 광대뼈가 튀어나온 얼굴에서는 마치 신경질적인 떨림이 피하에 퍼지기나 한 것처럼 이따금 근육이 물결치는 듯했다.

얼마 동안 시간이 흘렀다.

"그만두게." 아까보다는 마음을 좀 가라앉히고 앙투안이 말했다. "자네 마음은 잘 알아. 빨리 편하게 해주고 싶은 마음, 그것은 우리 모두가 알고 있지. 하지만 그건 어설픈 사람들이 느끼는 유… 유혹에 지나지 않아! 무엇보다도 중요한 게 있다네. 생명의 존엄성! 그래! 생명의 존엄성…. 만일 자네가 의사였다면 분명히 우리와 똑같은 생각이었을 거야. 어떤 법칙의 필요성…. 우리가 할 수 있는 일에 대해 한계를 두는 것이야! 그렇지 못할 경우에는…"

"스스로가 인간임을 느낀다면 유일한 한계는 양심이야!"

"그래, 바로 그 양심이야! 직업상의 양심…. 생각해보게! 모든 의사들이 자기에게 그런 권리가 주어졌다고 생각하는 날에는… 하기야 어떤 의사도, 알겠나, 이자크? 어느 누구도…"

"그러니까 말일세…" 하고 스튀들레는 날카로운 목소리로 말했다.

그러나 앙투안은 그의 말을 가로막았다.

"에케 자신도 이런 괴… 괴롭고 절… 절망적인 증세에 수없이 부딪혀보았다네. 그러나 그 역시 한 번도 스스로 결말지으려 한 적은 없었어… 한 번도! 필립 선생도! 리고 선생도! 트뢰이야르 선생도! 의사라는 이름이 붙은 이상 누구 한 사람도, 알겠나? 절대로 그럴 수는 없어!"

"그래" 하고 스튀들레는 거친 말투로 내뱉듯이 말했다. "자네들은 모두 대가일지는 몰라. 그러나 내가 보기엔 모두들 바보 얼간이야!"

그는 한 발자국 물러났다. 그러자 천장에서 내려오는 불빛이 갑자기 그의 얼굴을 환히 비추어주었다. 그의 얼굴에선 그가 한 말 이상의 그 무엇인가를 읽을 수 있었다. 격분한 경멸의 빛만이 아니고 일종의 도전적이며, 거의 위협적인 것, 그리고 은밀한 결심과도 같은 것이었다.

'좋아' 하고 앙투안은 생각했다. '열한시까지 기다려보다가 내가 직접 주사를 놓아주어야지.'

그는 아무 대답도 하지 않고 어깨를 으쓱해 보였다. 그리고 다시 방으로 돌아와 의자에 앉았다.

끊임없이 덧창을 두드리는 빗소리, 박자를 맞추어 창문을 때리는 빗방울 소리, 방 안에서는 쉴 새 없이 왔다 갔다 하는 요람의 움직임과 거기에 보조를 맞추어 우는 어린애의 울음소리, 이러한 소리들이 모두 합쳐져서 이미 죽음의 그림자가 찾아든 이 밤의 정적 속에서 집요하면서도 비통한 일종의 화음을 이루고 있었다.

'조금 전에 나는 두서너 번 계속해서 더듬거렸었지.' 아직 흥분을 가라앉히지 못한 앙투안이 속으로 중얼거렸다. (이런 일이 그에게 일어나는 경우는 극히 드물었다. 어떤 부자연스런 태도로 몸이 경직될 때. 예를 들어 거의 가망이 없는 환자 앞에서 괴로운 거짓말을 해야 한다든가, 또는 사람들과 대화할 때 자신으로서는 도무지 확신이 가지 않는 전혀 새로운 개념을 지지해야 할 때를 제외하고는, 좀처럼 일어나지 않던 현상인 것이다.) '칼리프*의 책임이지' 하고 앙투안은 생각했다. 그는 곁눈으로 '칼리프'가 벽난로에 등을 대고 다시 자리에 앉는 것을 보았다. 그 순간, 십 년 전 의과대학 근처에서 만났을 때 학생이었던 '이자크 스튀들레'의 모습이 생각났다. 그 당시 라틴 구區의 패거리들은 누구나 할 것 없이, 메디아 왕 같은 수염, 부드러운 목소리, 우렁찬 웃음, 그러면서도 열광적이고 선동적이며 솔직한 성격을 지니고 있는 이 칼리프를 모르는 사람이 없었다. 칼리프만은 누구보다도 화려한 장래를 약속받은 것으로 사람들은 믿고 있었다. 그러던 어느 날 생활 전선에 뛰어들기 위해 그가 학업을 포기한 것으로 알려졌다. 사람들의 말로는 그의 형제 중 하나가 은행원이었는데, 지금 횡령 사건으로 자살을 했다는 것이다. 그래서 그가 제수와 조카들을 맡아 돌본다는 것이었다.

한층 더 쉰 듯한 어린애 울음소리가 회상의 맥락을 끊었다. 앙투안은 어린애가 어떤 경우에 자주 움직이는지를 확인해보려고 잠시 경련하는 모습을 지켜보았다. 그러나 불규칙적인 몸

* 이슬람교 왕의 칭호. 스튀들레의 별명이다.

의 움직임으로부터는 병아리의 목을 땄을 때 팔딱거리는 것과 같은 움직임 말고는 아무것도 찾아내지 못했다. 그때 앙투안은 스튀들레와의 언쟁 이래로 생각하지 않으려고 했던 서먹서먹한 감정이 별안간 비탄에 가까울 정도까지 커져가는 것을 느꼈다. 위험에 처한 환자의 생명을 구하기 위한 일이라면 그는 어떤 무모한 행동도 시도할 수 있었고, 어떤 위험도 스스로 무릅쓸 수 있었다. 하지만 이런 절망적인 상황에 처하게 되어 어떤 치료도 할 수 없는 지경에 빠져 있을 때, 승리한 '적'이 오는 것을 멍청히 바라볼 수밖에 없을 때, 이것이야말로 그로서는 감당할 수 없는 일이었다. 그런데 지금 눈앞에 보이는 어린아이의 끊임없는 몸부림, 말도 못 하는 어린것의 울음소리, 이런 것들이 그의 신경을 이상하게 흔들어놓았다. 앙투안은 인간이 고통스러워하는 것을 보는 데 익숙해 있었다. 갓난아이의 고통까지도. 그런데 오늘 밤은 어째서 무감각해질 수 없는 것일까? 다른 사람의 임종 때는 언제나 불가사의하고 납득할 수 없었던 것이, 전혀 각오가 안 된 사람에게 그러하듯 오늘 밤에는 견딜 수 없는 괴로움을 불러일으키는 것이었다. 그는 마음속 깊은 데까지 얻어맞은 기분이었다. 자기 자신과 자기의 행동에 대한 신뢰는 물론, 과학과 생명에 대한 신뢰마저도 철저하게 두들겨맞은 기분이었다. 그것은 마치 그를 침몰시키는 파도와 같았다. 그의 눈앞에는 불길한 행렬이 지나가는 것이 보였다. 그가 불치의 진단을 내렸던 환자들의 행렬…. 오늘 아침의 명단만 해도 상당수가 된다. 병원에서 진찰한 네댓 명의 환자들. 위게트, 에른스트의 어린 아들, 눈먼 갓난애, 지금의 경우… 그리고 또 있었는데 잊어버렸구나! …그는 의자에 처박히듯 앉아

두터운 입술을 우유로 축이고 있던 아버지의 얼굴을 다시 생각했다…. 몇 주일 뒤에, 고통스런 몇 날 몇 밤을 보낸 뒤에, 그 건장한 노인도 똑같이… 그렇다. 모든 사람들은 차례차례로! … 그리고 이런 보편적인 불행에는 어떤 이유도 있을 수 없지…. '그렇다. 삶은 터무니없는 것이다. 삶은 사악한 것이다!' 그는 마치 고집 센 낙천가에게 말하듯 이렇게 격한 마음으로 생각했다. 그런데 그 고집 센 사람, 멍청하게 안주하고 있는 사람이 바로 자신이었으며, 매일매일의 앙투안이었던 것이다.

간호사가 조용히 자리에서 일어났다.

앙투안은 시계를 보았다. 주사 시간이었다…. 자리를 옮겨 무엇인가 할 일이 생긴 것이 기뻤다. 조금 있으면 그곳에서 빠져나갈 수 있다는 생각에 벌써 명랑해지기까지 했다.

간호사가 필요한 것을 모두 갖추어 쟁반에 들고 왔다. 그는 앰풀을 깨어 그 속에 바늘을 꽂고 정량을 주사기에 넣었다. 그리고 앰풀의 사분의 삼을 통에 버렸다. 스튀들레의 주의 깊은 시선이 자기를 응시하고 있음을 느꼈다.

주사를 끝내고 다시 의자에 앉았다. 진정되는 기미를 확인할 참이었다. 그는 어린애 위로 몸을 굽히고는 지극히 약한 맥박을 또 한 번 살핀 뒤에 아주 작은 목소리로 간호사에게 무엇인가를 지시했다. 그러고 나서 천천히 일어나 세면대로 가서 비누로 손을 씻은 다음 말없이 스튀들레의 손을 한 번 잡았다. 앙투안은 방을 나왔다.

그는 발끝으로 걸으며 환하게 불이 켜져 있는 인적 없는 방 가운데를 가로질러 갔다. 니콜의 방문은 닫혀 있었다. 멀어져

갈수록 어린애의 울음소리는 약해지는 것 같았다. 살며시 현관문을 열고 나와 다시 닫았다. 현관 입구에서 귀를 기울였다. 이제는 아무 소리도 들려오지 않았다. 깊이 숨을 들이마셨다. 그리고 재빨리 계단을 내려왔다.

밖으로 나온 그는 고개를 돌려 어두운 건물의 정면을 돌아보지 않을 수 없었다. 거기에는 마치 축제의 밤같이 불빛이 환하게 새어 나오는 덧문이 나란히 늘어서 있었다.

비는 막 그쳤다. 인도를 따라 아직도 물줄기가 시냇물처럼 빠르게 흐르고 있었다. 비에 젖은 한길은 인적이 끊긴 채 저 멀리 아른거렸다.

앙투안은 오한을 느껴 외투 깃을 여미며 발걸음을 재촉했다.

13

이 물소리, 비에 젖은 이 거리…. 별안간 눈물에 젖은 얼굴이 떠올랐다. 똑바로 서 있는 에케와 그 집요한 눈길. "여보게 티보, 꼭 어떻게 해주어야겠어…." 그로서는 즉시 떨쳐버릴 수 없는 괴로운 환상이었다. '아버지로서의 감정… 아무리 상상해보아도 전혀 이해할 수 없는 감정…' 그러면서 그는 돌연 지젤을 생각했다. '가정… 애들…' 다행히도 그것은 실현될 수 없는 단순한 가정에 지나지 않았다. 오늘 밤에 그에게는 결혼이란 생각은 너무 이르다고 여겨질 뿐만 아니라 바보스러운 일같이 느껴졌다. '이기주의?' 하고 그는 마음속으로 물어보았다. '비열함?' 그러자 그의 생각은 다시 스튀들레에게로 갔다. '지금 이 순간에 나를 비겁하다고 판단하는 자가 있다면 그것은 저 칼리프 녀석이겠지….' 그는 복도에서 궁지에 몰린 채 그 스튀들레의 끈질긴 눈총을 받아가며, 정열적이고 저속한 얼굴 앞에 서 있던 자신을 몹시 불쾌한 마음으로 다시 머릿속에 그려보았다. 그러자 자기 주위에서 소용돌이치며 일어나는 잡다한 생각들로부터 도망치고 싶은 욕망이 일었다. '비겁자'라는 말이 그에게는 적이 불쾌하게 여겨졌다. 그는 '겁쟁이'란 말이 생각났다. '스튀들레는 나를 겁쟁이라고 생각하겠지. 바보 같은 놈!'

그는 엘리제궁 앞에 이르렀다. 아침 순찰대가 보조를 맞추며 궁전 주위를 돌고 있었다. 보도 위에 총대를 놓는 소리가 들렸다. 스스로를 변명하기 전에 그의 머릿속에는 비약하는 꿈의 영상과 흡사한 일련의 가정이 전개되었다. 스튀들레가 간호사를 내보내고 주머니에서 주사기를 꺼낸다… 간호사가 돌아와 어린애 시체를 만져본다… 혐의, 고발, 매장 거절, 시체 해부… 예심 판사, 경관들… '모든 책임은 내가 진다'라고 그는 재빨리 마음을 정했다. 그는 마침 자기 앞을 지나는 보초의 모습을 훑어보았다. '아닙니다'라고 그는 도발적으로 말했다. 그러면서 재판관 앞에 나가 있는 자신을 상상해보았다. '제가 놓아준 주사 말고 다른 것은 없었습니다. 제가 의식적으로 분량을 늘려 주사를 놓아주었습니다. 아주 절망 상태였으니까요. 그리고 저는 모든…' 그는 어깨를 으쓱하고는 미소 지으며 천천히 걸음을 옮겼다. '바보 같으니라고.' 그러나 그는 문제가 해결되었다고는 생각할 수 없었다. '만일 다른 사람이 놓아준 치명적인 주사의 결과를 내가 책임질 각오가 되어 있다면, 왜 나 스스로 그토록 단호하게 거절했단 말인가?'

생각해내려고 노력해도 해결은 고사하고 실마리도 찾아내지 못하는 문제에 직면하면 그는 언제나 조바심으로 어쩔 줄 몰라 했다. 그는 스튀들레와의 대화, 자기가 흥분했던 일, 말을 더듬던 일을 생각했다. 자기 행동에 대해서는 조금도 후회하지 않았지만, 자기가 어떤 역할을 맡았는데 전반적인 자신의 인격과는 어울리지도 않고 또 자기의 어떤 본질적인 면과 부합하지도 않는 이야기들을 한 것이 매우 불쾌하게 여겨졌다. 또한 그런 역할, 그런 말들이 언젠가는 그가 사물을 보는 시각, 행동 등과 역행하게 되리라는, 막연하면서도 찌르는 듯한 직감이 스쳐갔다. 그리고 이렇게 마음속으로 자신을 나무라는 감정은 매우 긍정적인 것이어서 앙투안은 이런 감정을 쉽게 떨쳐버릴 수 없었다. 왜냐하면 그는 평소에 일단 자기가 해버린 것들에 대해서는 비판하기를 거부해왔기 때문이다. 그에게 후회란 개념은 아주 낯선 것이었다. 그는 즐겨 자신을 분석해보곤 했다. 또 몇 해 전부터는 열심히 스스로를 관찰해왔다. 그러나 그건 순전히 심리학적인 호기심 때문이었다. 자신의 장점, 단점을 지적하는 일이란 그의 기질로 보아 지극히 모순된 것이었다.

그의 머릿속에는 한 가지 의문이 생겼는데, 이것이 오히려 그를 더욱 당황하게 만들었다. '승낙하기 위해서는 거절하는 것 이상의 의지력이 필요하지 않았을까?' 곰곰이 생각해도 두 가지 해결책 가운데 어느 것을 택해야 좋을지 알 수 없어 헤매게 될 때, 그는 흔히 더 많은 의지를 필요로 하는 쪽을 택해왔다. 그는 자기 경험에 비추어 보아 그런 선택이 언제나 옳은 것이라고 주장하곤 했다. 그러나 오늘 밤만은 자신이 옳게 판단했으며 정당한 길을 택했다고 인정할 수밖에 별도리가 없었다.

그는 자신이 입에 담았던 몇 가지 말 때문에 괴로웠다. 그는 스튀들레에게 '생명의 존엄성…'이라고 말했다. 이렇게 통상적인 어구를 그대로 받아들인다는 것은 언제나 경계해야 할 일이었다. '생명의 존엄성…' **존엄성**인가 아니면 **맹목적 숭배**인가?…

이때 그의 뇌리에 언젠가 그에게 충격을 주었던 이야기가 언뜻 떠올랐다. 그것은 트레기뇌크에서의 머리 둘 달린 어린애 이야기였다.

티보 일가가 여름 휴가를 지내러 간 브르타뉴의 어느 항구 마을에서였다. 십오 년 전쯤의 일인데, 한 어부의 아내가 분명히 머리가 둘 달린, 달수가 모자란 아이를 낳았다. 부부는 마을 의사에게 달려가 기형아를 죽여달라고 부탁했다. 그러나 의사가 거절하자 알코올 중독자로 알려진 그 아버지는 갓난아이에게 달려들어 두 손으로 목을 졸라 죽이려고 했다. 모두들 그를 뜯어말리고 감금할 수밖에 없었다. 온 마을이 발칵 뒤집혔다. 호텔에 투숙한 해수욕객들의 식탁에서는 끊일 줄 모르는 화젯거리였다. 그 당시에 앙투안은 열여섯 아니면 열일곱 살이었는데, 아버지와 열띤 논쟁을 벌였던 기억이 되살아났다. 부자 사이에 일어난 최초의 격렬한 언쟁이었는데 앙투안이 젊은이다운 단순한 생각을 고집하며, 그렇게 숙명적으로 저주받은 생명은 즉시 없애버릴 수 있는 권한이 의사에게 주어져야 한다고 주장했기 때문이다.

그런 특수한 경우에 대해 자신의 의견이 지금도 별로 변하지 않은 것을 보고 그는 섬뜩한 느낌이 들었다. 그는 자문해보았다. '필립 선생의 의견은 어떨까?' 대답은 분명했다. 필립 선생이라면 그 생명을 없애버린다는 가정조차 하지 못할 것이라고 앙투안은 솔직히 시인했다. 그뿐만 아니라 그 불구의 어린것이 위험에 처해 있다면, 선생은 아마 그 가엾은 생명을 살리기 위해 온갖 노력을 다 기울였을지도 모른다.

리고 선생도, 테리니에 선생도, 로와지유 선생도. 모두가 한결같을 것이다…. 생명의 한 조각이라도 있는 한 거기에는 이론의 여지가 없는 의무가 있다. 뉴펀들랜드 개*와도 같이… 그의 귀에는 콧소리를 내는 필립 선생의 목소리가 들리는 것 같았다. '그런 권리는 없다네, 그런 권리는!'

앙투안은 발끈했다. '**권리?** … 선생님은 저와 마찬가지로 권리라든가 의무라는 개념이 얼마만큼의 가치가 있는지 아시지요? 세상에는 자연계의 법칙 말고는 다른 법칙 같은 것은 없습니다. 자연의 법칙, 그래요, 그거야말로 어쩔 수 없는 것이지요. 그런데 이른바 도덕상의 법칙이라는 것, 그것은 도대체 무엇입니까? 몇 세기 전부터 우리의 마음속에 심어진 한 묶음의 습관… 그 이상의 것은 아닐 테지요…. 옛날에는 인간의 사회적 진보를 위해 그런 것이 필요했을지도 모르지요. 그러나 오늘날에는? 옛날의 그러한 위생 법규나 경찰 법규에다가, 과연 어떤 신성한 힘인지는 저도 모르겠습니다만, 절대 명령과 같은 성격을 합리적으로 부여할 수 있을까요?' 필립 선생으로부터 아무런 대답도 들을 수 없다고 생각되자, 앙투안은 어깨를 으쓱해 보이고는 두 손을 호주머니에 깊숙이 넣으면서 길을 건너갔다.

그는 아무것도 돌아보지 않고 여전히 자기 자신과 토론을 하며 걸어갔다. '뭐니 뭐니 해도 이건 분명한 사실이야. 내게는 도

* 인명 구조를 하는 개의 품종.

덕 같은 것은 존재하지 않아. **해야 한다, 해서는 안 된다, 선, 악** 따위 같은 것은 내겐 그저 단순한 말에 지나지 않아. 그것들은 내가 다른 사람들과 똑같이 하기 위해 쓰는 말이고, 대화를 하는 데 편리한 유가 증권과도 같은 것이지. 하지만 결국 수없이 확인된 바이지만, 그것들은 현실과는 무관한 것들이야. 나는 언제나 그랬어…. 아니, 이 마지막 단언은 좀 지나쳤군. 나는 사실은 그때부터…' 라셀의 모습이 그의 눈앞에 살짝 스쳐갔다. '…어쨌든 오래전부터…' 그는 잠시 자기의 일상생활이 도대체 어떤 원칙을 따르고 있었는지를 진심으로 밝혀내려고 애썼다. 그러나 아무것도 머리에 떠오르는 것이 없었다. 하는 수 없이 그는 아무렇게나 생각해보았다. '일종의 성실성 같은 것일까?' 곰곰이 생각해보니 무엇인가 분명해지는 것 같았다. '차라리 일종의 **통찰력** 같은 것이 아닐까?' 그의 생각은 다시금 갈피를 잡지 못하게 되었다. 하지만 그 순간에 그는 자기가 발견한 것에 대해 다소 만족을 느꼈다. '그래, 물론 대단한 것은 아니지. 하지만 이 통찰력에 대한 욕구, 그렇지, 내가 마음속에서 이것을 추구하다 보면 결국 나는 몇 가지 확고한 것들 가운데 하나를 찾아내게 되지…. 나는 지금까지 자신도 모르게 이것을 일종의 도덕적 원칙으로 삼아왔는지도 몰라, 나의 원칙으로 말이야…. 아마도 이렇게 표현할 수 있겠지. **절대 자유, 단 명철하게 볼 것**…. 결국 꽤 위험한 일이야. 하지만 내겐 잘 풀려나가지. 모든 것은 보는 눈에 달려 있어. 명철하게 볼 것…. 실험실에서 그러하듯 자유롭고 명철하며 공정한 눈으로 자기 자신을 관찰하는 것. 자신의 생각이나 행동을 냉철하게 관찰하는 것이지. 있는 그대로의 자신을 자기라고 생각하는 것, 또 당연한 결과로 자기 자신을 있는 그대로 인정하는 것이야…. 그러면? 그러면 나는 다음과 같이 말할 수 있을 테지. 못할 것이 아무것도 없다고…. 자기 자신을 속이지 않을 때, 스스로가 무엇을 하고 있는지를 알 때, 그리고 가능하다면 어째서 그것을 하는지를 알 때는 모든 것이 다 허용될 수 있는 것이야!'

그러자 그는 곧 씁쓸한 웃음을 지었다. '그런데 무엇보다도 당혹스런 것은, 내 생활을 주의 깊게 살펴보면—선도 악도 없는 이 '절대 자유'라는 것—이것이 모든 사람들이 선이라고 부르는 행동 쪽으로만 거의 바쳐지고 있다는 점이다. 이 허울 좋은 해방이라는 것이 모두 어디로 귀착된단 말인가? 단순히 다른 사람들이 하는 것처럼 행동하는 데 그치지 않고, 더 나아가서 기성 도덕에 의해 훌륭하다고 인정받는 사람들의 행위를 따라가는 것이 아닌가! 그 증거로는, 오늘 저녁 일만 해도 그렇지 않은가…. 사실상 내 뜻과는 상관없이, 모든 사람들과 같은 도덕률을 따르는 것이 아닐까? …필립 선생은 아마도 웃을 테지…. 하지만 인간에게는 사회적 동물로서 행동해야 할 필요성이 어떠한 개인적 본능보다도 더 강하다고 인정하고 싶지는 않아! 그렇다면 오늘 저녁 있었던 나의 태도는 어떻게 설명하면 좋을까? 행동과 이론이 어느 정도 유리되고 무관할 수 있다고 생각할 수는 없어. 나 자신도 마음속으로는 스튀들레의 말에 일리가 있다고 솔직히 시인하기 때문이지. 내가 내세웠던 치사한 반론은 추호의 가치도 없는 셈이야. 논리적으로는 그가 정당했어. 어린애는 정말 공연히 고통받는 거야. 그 무서운 고통은 해결되어야만 해. 불가피하고 절박한 일이야. 그렇다면? 만일 내가 좀 깊이 생각하기만 하면, 나 자신도 죽음을 앞당기는 편이 낫다고 여길 게 아닌가. 단순히 어린애를 위해서뿐만 아니라 에케 부인을 위해서도 그렇지. 지금 그녀가 처해 있는 상태로 보아, 아이의 고통스런 임종 모습을 계속 지켜보게 하는 것은 분명히 위험한 일이야…. 에케도 물론 이 모든 것을 생각하고 있었을 테지…. 반박할 여지가 없어. 이론적으로 따져보면 이런 논증을 내세우는 것이 옳은 일이야…. 인간이 언제나 논리적인 이론에만 만족할 수는 없다는 것이 참으로 이상하군! 지금 내가 비굴한 행동을 변명하려는 것은 아니야. 나는 알고 있어. 내 스스로 곰곰이 반성해볼 때 오늘 밤에 내가 그런 해결책을 택하지 않은 것은 비굴하기 때문이 아니야. 그래, 그것이야말로 자연계의 법칙과도 같이 절실하고 거역할 수 없는 것이었어. 하지만 내가 도저히 이해할 수 없는 일은…' 그는 여러 가지 해석을 궁리해보았다. 우리의 명료한 생각들 밑에서 잠들어 있다가, 때때로 눈을 뜨고 일어나 방향을 결정짓고 어떤 행위를 하게 하고는 다시금 아무 설명도 없이 우리들 마음 깊은 곳에 숨어버리는 생각들―앙투안은 이러한 존재를 믿고 있었는데―아마도 이런 모호한 생각들 중 하나가 아니었을까? 아니면 단순히 어떤 공동체의 도덕률 같은 것이 있어서, 인간에게는 개인 자격으로 행동하는 것이 거의 불가능하다고 인정하지 않으면 안 되는 것일까?

그는 눈을 가린 채 같은 곳을 빙빙 도는 기분이었다. 가끔 인용되는 니체의 글 몇 마디를 애써 기억해보았다. 곧 인간은 문제가 아니라 해결이어야 한다는 것. 이 가르침이 전에는 그에게 너무나 확실한 것 같았다. 그러나 해가 거듭될수록 거기에 순응할 수 없다는 것을 알았다. 이미 지금까지도 그에게는 자기의 결정 몇 가지가(이러한 결정들은 보통은 지극히 자연스러운 것이었고, 때로는 중대한 것이기도 했다) 그의 평소의 논리와 모순된다는 것을 확인할 기회가 있었다. 그리고 그는 몇 번이나 '나는 과연 내가 생각하고 있는 그런 인간일까?' 자문해 보았었다. 잠깐 어둠에 빛을 주었다가는 더 어둡게 만드는 번개처럼, 그것은 어디까지나 전격적이고 순간적인 의혹, 재빨리 떨쳐버리는 의혹, 그리고 오늘 저녁에도 냉정하게 쫓아버린 의혹이었다.

여기에 주위의 상황이 한몫을 했다. 루아얄가街에 이르렀을 때, 어느 빵집 환기창에서 입김처럼 뜨거운 빵 굽는 냄새가 그의 코를 찔렀다. 그것이 별안간 그의 기분을 풀어주었다. 그는 하품을 했다. 그리고 불이 켜져 있는 맥주홀을 두리번거리며 찾았다. 그러다가 돌연 프랑스 국립극장* 근처로 가서 젬므 가게에 들러 무엇인가 먹고 싶은 생각이 들었다. 그곳은 밤새도록 문을 여는 작은 바인데, 밤에 집으로 돌아갈 때 다리를 건너기 전에 가끔 들른 적이 있다.

'그래도 참 이상한 일이야!' 하고 그는 잠시 침묵을 지키다가 자신한테 이렇게 털어놓았다. '아무리 의심하고 부수어보아도, 아무리 모든 것으로부터 빠져나와도, 그래도 결국 어떻게 할 수 없는 것, 어떤 의심을 가져도 손상되지 않는 무엇인가가 하나 있단 말이야. 인간이 자신의 이상을 믿고자 하는 욕구… 나는 한 시간 전부터 알차고도 확고한 증거를 보게 된 것 아닌

* 다른 이름으로 '코메디 프랑세즈'라고도 한다.

가!…' 그는 피곤해졌다. 그리고 만족스럽지 못하다는 느낌이 들었다. 자신에게 마음의 평정을 가져다줄 수 있는 어떤 격언 같은 것을 찾아보았다. '모든 것은 싸움이야' 하고 그는 귀찮은 듯 뇌까려보았다. '이건 새로운 것이 아니야. 그리고 지금 내 마음속에서 일어나고 있는 것도 보편적인 현상, 살고 있는 온갖 것들 사이에서 일어나는 충돌에 지나지 않는 거야.'

그는 한동안 별로 이렇다 할 것을 생각하지 않고 걸었다. 한길의 인파가 가까워졌다. 길가에는 곳곳에 꽤 상냥스러워 보이는 여인들이 밤 산책을 즐기고 있었다. 그는 유순한 제스처를 보이며 그들에게서 몸을 돌렸다.

그러는 동안에 그의 머릿속에서 무의식적으로 작용하던 여러 가지 생각들이 점차 정리되어갔다.

'나는 살아 있어.' 마침내 앙투안은 속으로 중얼거렸다. '이것만은 사실이야. 다시 말해 나는 끊임없이 선택하고 행동했지. 좋아, 하지만 어둠은 여기서부터 시작이군. 이 선택과 행동은 과연 **누구의 이름으로** 행해졌단 말인가? 나는 그것에 대해 아무것도 모르고 있어. 어쩌면 조금 전에 생각했던 그 명철함의 이름에 의해서일 수도 있겠군. 아니야, 그렇지 않아…. 그런 것은 이론에 지나지 않을 뿐이야! …사실 나의 경우에 진실로 명철한 생각에 따라 어떤 행위나 결심이 이루어진 일은 한 번도 없었어. 통찰력은 언제나 내가 행동한 뒤에야 한몫을 했어. 내가 한 일을 나 스스로에게 정당화시키기 위해…. 하지만, 내가 생각할 줄 아는 인간이 된 뒤로 나는, 말하자면 본능에 따라 곧 이런 것은 하되 저런 것은 하지 말라고 하며, 그리고 이렇게는 하되 저렇게는 행동하지 못하도록 하는 어떤 힘에 의해서 끊임없이 움직여왔다는 것을 알았지. 그런데, 가장 곤란한 점은 내 자신은 서로 모순되는 방향으로 행동하지 않는다고 스스로 인정하는 것이야. 따라서 모든 것은 마치 내가 엄한 법칙에 순종하고 있는 것같이 질서 정연하게 이루어지고 있다는 것이지…. 그건 그래. 그런데 그 법칙이란? 그걸 내가 모르겠단 말이야! 나는 삶의 중대한 시기를 맞을 때마다 이러한 마음의 충동이 나로 하여금 뚜렷한 방향을 선택하게 하고, 그 방향으로 행동하도록 하는 것을 보고는 **무슨 명목**으로라고 헛되이 자문해왔고, 그때마다 어두운 벽에 부딪혀왔어. 나는 자신이 균형 잡혀 있고 내 나름대로의 구실을 하며 또한 정당하다는 것을 느껴왔지. 그러면서도 나는 모든 법칙들의 밖에 있다고 생각하고 있으니. 과거의 학설 속에서도, 현대의 철학 속에서도, 또 이 내 자신 속에서도 나는 무엇 하나 나를 만족시켜 주는 해답을 찾을 수 없어. 나는 내가 동조할 수 없는 모든 법칙들을 알고 있지. 하지만 내가 따를 수 있는 법칙은 하나도 없어. 정해진 법칙들 중에는, 비록 조금이나마, 내 자신에게 들어맞고 또 내 행동을 설명해줄 수 있는 것은 없었어. 그러면서도 나는 앞으로 나아가고 있어. 빠른 속도로, 망설이지도 않고 곧바로! 얼마나 이상한 일인가! 나는 마치 한 번도 나침반을 써본 적이 없는 항해사가 전속력으로 대담하게 항해를 계속하고 있는 그런 배에 타고 있는 느낌이 드니…. 사람들은 마침내 이러한 나를 분명히 특별한 질서 속에 속해 있다고 할지도 몰라! 나 자신도 어쩐지 그런 생각이 들고. 확실히 내 성격은 꼼꼼한 편이야. 하지만 그 질서란 도대체 어떤 것일까? …어쨌든 나는 불평은 하지 않아. 나는 행복하니까. 절대로 나 이외의 사람은 되고 싶지 않아. 다만 나는 도대체 어떻게 해서 내 자신이 이런지를 알고 싶을 뿐이지. 그리고 이런 호기심에는 일말의 불안감이 서려 있어. 사람은 누구나 이런 수수께끼를 가지고 있는 것일까? 나는 과연 언제에나 나의 수수께끼를 풀 수 있을까? 내 법칙을 이룩하는 날이 올 것인가? **무슨 명목으로**라는 물음에 대한 답을 알 날이 올 것인가?…'

그는 발길을 재촉했다. 광장 건너편에 '젬므'라는 간판이 보였다. 그에겐 이제 배가 고프다는 것 말고는 아무 생각도 들지 않았다.

너무 급히 복도 입구 쪽으로 뛰어들었기 때문에 앙투안은 통로에 놓인 퀴퀴한 바다 냄새를 풍기는 굴 바구니에 걸려 넘어졌다.

바는 지하에 있었다. 그곳은 나선형으로 된, 멋지고 약간 은밀한 느낌을 주는 좁은 계단으로 내려가게 되어 있었다. 그 시각에 바는 부엌 냄새, 술 냄새, 담배 냄새 등의 악취로 가득 차 있었다. 게다가 선풍기가 빙빙 돌며 미적지근한 공기를 휘저어 놓고 있었다. 이런 속에서 바는 저마다 테이블을 끼고 앉아 있는 밤 손님들로 들끓고 있었다. 니스를 칠한 마호가니와 녹색 가죽 때문에, 창이 없고 좁다란 데다가 천장마저 낮은 방은 흡연실같이 보였다.

앙투안은 한구석을 찾아 외투를 의자 위에 던지고는 앉았다. 그는 벌써 매우 한가로운 느낌이 들었다. 그때 돌연 이런 그의 느낌과 대조나 되듯, 갓난아이의 방과 함께 땀에 젖은 작은 몸뚱이가 눌린 채 가볍게 버둥거리는 모습이 떠올랐다. 그의 귀에는 박자를 맞추어 발로 쿵쿵 찧는 듯, 요람에서 괴로워하는 움직임이 아직도 생생하게 남아 있었다…. 그는 갑자기 가슴이 답답해져 몸을 움츠렸다.

"혼자십니까?"

"혼자요. 로스비프에 검은 빵. 그리고 위스키. 탄산수 없이 큰 잔으로. 찬물도 한 병 갖다주시오."

"수프 오 프로마주*는 안 드시겠습니까?"

"주시오."

식탁마다 마실 것을 기다리는 동안을 위해, '모네 뒤 파프'** 처럼 얇고 둥글게 잘라 소금을 뿌린 감자튀김이 넓적한 접시 위에 가득히 담겨 있었다. 앙투안은 자기 앞에 놓여 있는 감자 튀김을 어석어석 먹으면서 자신이 퍽 허기가 져 있었다는 것을 알았다. 그러면서 이 집 주메뉴인 '수프 오 그뤼에르',*** 약한 불에 걸쭉하게 끓여 거품을 낸 양파가 들어간 수프를 기다리고 있었다.

그렇게 멀지 않은 테이블에서 몇 사람이 일어나 자기네 휴대품을 가지고 오라고 일렀다. 왁자지껄한 무리들 속의 젊은 여자 하나가 슬며시 앙투안 쪽을 보았다. 두 사람의 눈이 마주치자 여자는 살며시 미소를 지어 보였다. 일본 판화를 보는 듯한 이 미끈미끈하고 넓적한 얼굴, 가늘게 그린 눈썹, 약간 주름 잡힌 눈, 대체 어디서 본 얼굴일까? 그는 여자가 다른 사람이 눈

* 치즈를 넣어 만든 수프.
** 식물 이름으로 '교황의 돈'이라는 뜻.
*** 스위스 그뤼에르 치즈 수프.

치채지 않게 재빨리 아는 체하는 그 기민한 태도가 흥미로웠다. 그렇구나. 다니엘 드 퐁타냉의 화랑에서 몇 번 만난 모델이었다. 마자린가街에 있는 오래된 화랑. 그는 무척 더웠던 어느 여름날 오후에 일하고 있던 그녀를 본 것까지 생각해냈다. 그는 그때의 시각, 광선의 명암, 그녀의 포즈가 기억에 떠올랐다. 그리고 급한 일이 있었음에도 불구하고 꼼짝없이 붙들려 있을 수밖에 없어서 안절부절못했던 일이 생각났다…. 그는 입구 쪽까지 눈으로 쭉 그녀를 좇았다. 다니엘이 뭐라고 불렀더라? 무슨 차茶 이름과 비슷했는데… 밖으로 나가기 전에 그녀는 돌아보았다. 앙투안의 기억으로는 그녀의 몸 또한 어쩐지 평평하고 반들반들하며 신경질적인 것이었는데….

지젤을 사랑한다고 확신해온 몇 달 동안의 그의 생활 속에는 다른 여자를 생각할 만한 마음의 여유가 거의 없었다. 사실 자벤 부인과 관계를 끊은 뒤로는(이 관계는 두 달 동안 계속되었고, 결과는 매우 좋지 않게 끝났다) 그는 애인 없이 지내왔다. 그는 한동안 쓰라린 아픔을 느꼈다. 방금 막 가져다준 위스키로 입술을 적셨다. 수프 그릇의 뚜껑을 연 앙투안은 거기에서 올라오는 구수한 냄새를 들이마셨다.

마침 그때 입구의 보이가 넷으로 접은 종이쪽지 하나를 가져왔다. 뮤직홀의 프로그램이었는데, 한 모퉁이에 다음과 같은 메모가 연필로 적혀 있었다.

'젬므에서 내일 밤 열시에?'

"회답을 기다리고 있나?" 흥미롭기는 해도 당황한 앙투안이 물었다.

"아닙니다. 그 부인은 돌아가셨습니다." 보이가 대답했다.

앙투안은 이런 유혹쯤은 두 번 다시 생각하지 않기로 마음먹었었다. 그렇지만 그는 그 종이쪽지를 주머니에 넣고 저녁 식사를 하기 시작했다.

'인생이란 참 재미있군.' 그는 불현듯 생각했다. 그는 여러 가지 즐거운 상념에 파묻혀 있던 중에 뜻하지 않은 일로 마음이 설레게 되었다. '그래, 나는 인생을 사랑하고 있어' 하고 그는 다짐하며 잠시 생각에 잠겼다. '하지만 솔직히 말해 나는 누구도 필요하지 않아.' 지젤과의 추억이 또다시 그의 뇌리를 스쳐갔다. 그는 사랑이 없어도 인생은 자기를 충분히 행복하게 해준다고 믿었다. 지젤이 영국에 가 있는 동안에 그녀에게서 멀리 떨어져 있어도 자신은 언제나 행복했다고 마음속으로 솔직히 인정했다. 그건 그렇고, 지금까지 어떤 여자가 자기의 행복 속에 큰 자리를 차지하고 있었던 일이 있는가?… 라셸? …그래, 라셸이지! 그러나 만일 라셸이 떠나지 않았더라면 자신은 어떻게 되었을까? 하기는 자신은 그런 종류의 정열에서 완전히 치유되었다고 생각하지 않았던가? …조금 전에 느꼈던 지젤에 대한 그의 감정, 오늘 밤에 그는 그런 감정을 감히 사랑이라고 부를 수 없었다. 그는 다른 말을 찾아보았다. 친근감? …그러는 중에도 그의 생각은 지젤에게서 떠나지 않았다. 지난 몇 달 동안에 자기 마음속에서 일어난 일들을 확실히 해두겠다고 마음먹었다. 거기에는 한 가지 확고한 사실이 있었다. 그것은 자신이 마음대로 지젤의 어떤 모습을 만들어버렸다는 것이다. 그리고 그것은 진정한 지젤과는 전혀 달랐던 것이다. 그리고 진정한 지젤이 만일 오늘 오후 같은…. 그러나 그는 언제까지나 두 사람을 마주 합쳐 생각하는 것을 그만두기로 했다.

그는 물을 탄 위스키를 한 모금 마시며 로스비프를 먹었다. 그리고 인생은 기꺼이 살 만하다고 마음속으로 되풀이했다.

그가 보기에 인생이란 무엇보다도 활짝 열린 넓은 공간이었다. 그래서 자기처럼 적극적인 사람들이 활기차게 뛰어들기만 하면 되는 것이었다. 그리고 그가 인생을 사랑한다고 말할 때 그것은 스스로를 사랑하고, 스스로를 믿는 것을 의미한다. 어쨌든 그가 특히 자기 인생을 마음속에 그릴 때 그것은 훌륭하게 정돈된 연병장이나, 얼마든지 결합시킬 수 있는 무한한 총체일 뿐만 아니라, 또한 무엇보다도 우선 분명하게 나 있는 길, 틀림없이 어디엔가로 인도해주는 하나의 직선과도 같은 것이었다.

그는 지금 자신이 너그러운 마음으로 항상 들어왔던 친숙한 종을 막 치고 난 느낌이었다. '티보?' 하고 그는 속으로 나지막하게 속삭였다. '삼십이 세. 멋진 출발을 위한 연령! …건강은? 썩 좋고. 원기 완성한 젊은 동물 같은 활력… 지능은? 유연하고 과감하며 끊일 줄 모르는 진보… 일의 능력? 거의 지칠 줄 모르고… 게다가 물질적으로 혜택받은 환경… 말하자면 모든 것을 갖추고 있군! 약점도 없고, 단점도 없으니까! 직업에도 아무런 구속이 없고! 순풍에 돛 단 격이지!'

그는 다리를 쭉 뻗고 담배에 불을 붙였다.

그의 직업…. 이미 열여섯 살 때부터 의학은 끊임없이 이상한 매력을 느끼게 했다. 그는 지금도 의학이야말로 모든 지적 노력의 소산이고, 지식의 모든 분야를 통해 인간이 이천 년 동안의 모색을 거쳐 얻은 가장 명백한 이득이며, 인간의 천재성에 주어진 가장 풍요한 영역이라고 하나의 교리처럼 인정하고 있었다. 사변적인 영역에 있어서도 무한한 학문. 그러면서도 대중적인 현실 속에 뿌리를 내려 끊임없이 인체와 밀접한 관계를 맺고 있는 학문. 이런 점에 그는 특히 마음이 끌렸던 것이다. 실험실에 틀어박혀 현미경을 들여다보며 관찰하는 데만 자기 자신을 국한시킬 생각은 결코 없었다. 그는 의사가 여러 형태의 현실과 끊임없이 마주 대하는 것이 좋았던 것이다.

'중요한 것은' 그는 다시금 생각하기 시작했다. '티보가 더욱 더 자신을 위해 일을 계속하는 것이야…. 테리니에나 보아스트로처럼 환자들에 의해 마비되지 말고… 자극을 주어 여러 가지 실험을 해보고 그 결과를 정리하며, 하나의 **방법**의 윤곽을 끌어내기 위해 시간을 가지는 것이지….' 이것은 앙투안이 자기의 장래를 위대한 스승들과 똑같이 생각해왔기 때문이다. 오십이 되기 전에 자신의 공적으로 여길 만한 몇 개의 발견을 해 보이리라. 그리고 무엇보다 자기 나름대로의 방법의 기초를 확립하리라. 그 방법이 지금으로서는 아직 확실하지 않지만 머지않은 장래에 그것이 성취되는 것을 보는 듯했다. '그래, 조만간, 조만간….'

그의 생각은 아버지의 죽음이 임박한 일종의 어두운 공간을 건너갔다. 밖에서는 거리가 다시 밝게 빛나고 있었다. 그는 담배를 피우면서 아버지의 죽음을 보통 때와는 달리 아무런 걱정도, 어떤 슬픔도 없이 생각했다. 오히려 그것은 필요하고 기다렸던 해방감 같은 것이었다. 또 지평선이 넓어지는 것 같기도 하고, 스스로의 도약을 위한 조건 같기도 했다. 지금 그에게는 여러 가지 새로운 구상들이 머리에 떠올랐다. '곧 환자들을 선택해야지…. 자신의 여가를 마련할 것…. 그리고 연구를 위해 집에 상주할 조수를 구해야지. 경우에 따라서는 비서도 좋아. 공동 연구자는 필요 없고. 어린 소년. 무슨 일이든 할 수 있는 소년, 그 애를 내가 길러 귀찮은 일을 시켜야지…. 그러면 나는 연구에 전념할 수 있을 거야…. 억척스럽게… 새로운 발견도 할 수 있겠지…. 그래, 그렇고말고, 나는 확실히 큰일을 해낼 거야!…' 그의 입술에는 살짝 미소의 그림자가 떠올랐다. 그것은 그를 쾌활하게 만드는 낙천주의의 내적 반영이었다.

그는 갑자기 담배를 버렸다. 그리고 생각에 잠겼다. '생각해 보면 이상하잖아? 내가 완전히 쫓아버렸다고 생각했던 도덕적 가치, 한 시간도 되기 전에 그것에서 완전히 해방되었다고 생각했던 것이 돌연 다시 마음속에 되살아나니! 더구나 그것이 내 의식 속의 어둠침침한 보이지 않는 곳에 숨어 있었는데! 아니야! 그 반대로 견고하고 뿌리 뽑을 수 없을 듯한 기세를 보이면서 내 정력, 내 활동력의 중요한 한가운데, 곧 내 직업적인 생활 중심부의 중요한 자리에 들어와 있었던 거야! 지금은 말장난할 때가 아니지. 의사로서, 학자로서 나는 단연코 굴하지 않는 똑바른 정신을 가지고 있어. 이 점을 나는 결코 양보할 수 없어…. 그런데 도대체 이 모든 것을 어떻게 일치시킬 수 있을까? …쳇' 하고 그는 생각했다. '무엇 때문에 언제나 이렇게 일치시키려고 하는 것이지?' 그는 곧 생각을 멈추었다. 정확하게 생각하기를 단념한 그는 피로와 더불어 차츰 그를 멍하게 만드는 안이함에 맥없이 몸을 맡겼다.

자동차를 타고 온 두 남녀가 들어오자마자 그에게서 멀지 않은 곳에 앉았다. 그들은 두툼한 외투를 벗어 의자에 겹쳐놓았다. 남자의 나이는 스물다섯 정도, 여자는 그보다 약간 덜 되어 보였다. 잘 어울리는 한 쌍. 둘 다 늘씬하고 건장해 보였다. 남녀 모두 갈색 머리에다 솔직한 시선, 큰 입과 튼튼한 치아. 얼굴은 추위에 상기되어 있었다. 비슷한 또래로 보이는 똑같이 건강한 얼굴. 사회적 신분도, 꾸밈없는 우아한 몸매도 같아 보였다. 어쩌면 취미도 같을지 모른다. 식욕도 마찬가지여서 둘은 나란히 앉아, 같은 보조로 같은 샌드위치를 왕성한 식욕을 보이며 먹었다. 그리고 둘은 약속이나 한 듯이 맥주잔을 비우더니, 털외투를 입고 말 한마디, 눈길 한 번 나누지 않은 채 유연한 발걸음으로 사라져버렸다. 앙투안은 그들 뒤를 물끄러미 바라보았다. 둘은 전형적인 화합, 완전한 부부 같은 느낌을 주었다.

그때 그는 홀 안이 거의 텅 빈 것을 깨달았다. 그의 눈길은 저편에 있는 거울을 통해 머리 위에 걸린 시계를 보았다. '열시 십분? 아니, 저건 뒤집힌 것이지. 뭐? 그럼 곧 두시라고?'

그는 몽롱한 상태에 빠져 있던 자신을 일깨우며 일어났다. '내일 아침에는 새로운 기분이겠지' 하고 그는 당황해하며 생각했다.

보이가 앉아서 졸고 있는 좁은 계단을 올라갈 때 그의 마음은 갑자기 생기를 띠면서 분명하게 무엇인가를 상기했다. 그는 살며시 미소 지었다. '젬므에서 내일 밤 열시에…'

그는 택시를 잡아탔다. 오 분 뒤에 집에 도착했다.

저녁때 도착한 우편물을 놓아둔 현관 테이블 위에 한 장의 종이가 눈에 뜨이게 펼쳐져 있었다. 레옹의 글씨였다.

'한시쯤 닥터 에케 씨 댁에서 전화. 어린 따님께서 숨을 거두었답니다.'

앙투안은 종이쪽지를 잠시 손가락으로 잡고 다시 읽어보았다. '새벽 한시? 내가 그 집을 나온 지 조금 뒤였구나…. 스튀들레가? 간호사 앞에서? 아니야… 결코 그럴 수는 없었을 거야… 그렇다면? 내 주사였나? 그럴지도 모르지… 하지만 아주 조금 넣었는데. 그러나 맥이 꽤 약해져 있었지….'

놀라움이 가시자 후련한 마음이 들었다. 이렇게 확실해지면 어쨌든 에케 부부에게는 퍽 괴로운 일이겠지만, 적어도 그토록 고통스러운 기다림은 끝나는 셈이었다. 앙투안은 잠들어 있던 니콜의 얼굴이 생각났다. 둘 사이에는 다시 새로운 아이가 태어나겠지. 생명은 모든 것을 이겨가고, 모든 상처는 오직 자국만을 남긴 채 아물어가는 것이야. 그는 건성으로 우편물들을 집었다. '하지만 가엾은 사람들이야.' 그는 가슴이 미어지는 것을 느끼며 생각했다. '병원에 가는 길에 들러봐야지.'

부엌에서는 여전히 암고양이가 절망적인 소리로 울어댔다. '요놈의 고양이, 또 잠 못 자게 하는군' 하고 앙투안은 투덜거렸다. 그러나 그는 곧 새끼 고양이들을 생각했다. 문을 살며시 열어보았다. 고양이는 그의 다리 사이로 뛰어들어 와 축 늘어진 채 아양을 부리며 끈덕지게 몸을 비벼댔다. 앙투안은 휴지통 속을 들여다보았다. 빈 통이었다.

자신이 이렇듯 말하지 않았던가? '모두 물에 빠뜨려 죽여버리는 건 어때?' 하지만 그것들도 살아 있는 생명이었는데… 뭐가 다르다는 말인가? 무슨 권리로?

그는 어깨를 으쓱했다. 시계를 쳐다보면서 하품을 했다.

'네 시간밖에 못 자겠군. 그래도 잠을 청해야지.'

그는 아직도 레옹이 쓴 쪽지를 손에 들고 있었다. 그것을 뭉쳐서 장롱 위로 경쾌하게 던졌다.

'이런 때는 찬물로 샤워를 하는 거야…. 티보식으로 잠자리에 들기 전에 피로를 푸는 거지!'

작품 해설

정지영

4부 「진찰 La consultation」

「진찰」에서는 의사 앙투안이 하루 동안 겪은 일을 상세하게 묘사하고 있다. 정확히 말해서 오후 열두시 반부터 밤 두시 전까지 약 열세 시간 동안의 일을 보여준다.

자크가 가정과 학교와 파리에서 자취를 감춘 지 삼 년이 흐른다. 여기에서는 젊은 의사인 앙투안의 생활을 주로 그리고 있다. 마르탱 뒤 가르는「진찰」에서 성실하고 효과적인 사실주의적 관점을 유지하면서 간결하고 솔직한 필치로 인간의 가장 중요한 문제의 하나인 육체적인 고통과 정신적인 외로움을 흥미 있게 다루고 있다.

환자들이 불안감이나 공포심으로 인한 정신적인 고통을 겪지 않고 죽을 수 있도록 도와준다는 것, 이것이 이 소설의 커다란 명제라고 하겠다. 마음의 고통을 극소화시키고 살아 있는 동안 죽음의 공포에서 벗어나게 해준다는 것도 의사의 책임인 것이다.

「아버지의 죽음」에서 다시 다루어지는 안락사 문제도 이 소설의 중요한 대목이다. 동료 의사인 에케와 퐁타냉 부인의 양녀인 니콜 사이에 태어난 어린아이가 가망이 없는 병을 앓게 되었을 때 안락사 문제로 앙투안은 동료인 스튀들레와 언쟁을 벌이면서 깊은 고뇌에 빠진다. 의사로서 그의 이런 인품이 독자들에게 공감을 느끼게 한다. 이 소설은 외과 의사로서 활약하는 앙투안의 생활의 일면을 보여주고 있다. 그러나 우리는 이미 그가 「회색 노트」나 「소년원」에서 엿볼 수 있었던 이기적이고 자만심으로 가득 찼던 앙투안이 아님을 알 수 있다. 「아름다운 계절」에서 라셀과 풍요로운 사랑의 계절을 체험한 지 삼 년이 지난 현재의 앙투안은 한결 인간미가 넘치고 남의 고통을 이해하려고 애쓰는 의사가 된 것이다. 이런 점은 이 소설의 첫 부분을 장식하는 가난한 두 소녀의 진찰 장면에서 엿볼 수 있다. 처음에는 그들을 자선 병원으로 돌려보내려고 하다가 생각을 바꾸어 그들의 집에까지 가면서 돌보아주는 앙투안의 인간미 넘치는 선행은 삼 년 전만 하더라고 있을 법하지 않은 행위이다.

이 소설에서 앞으로 전개될 줄거리와 관련지어 흥미로운 부분은 앙투안이 외교관인 뤼멜을 진찰하면서 나누는 대화이다. 뤼멜은 1914년을 일 년 앞두고 있는 당시의 유럽에 전운이 감돈다는 사실을 앙투안에게 역설한다. 그러나 안이한 생활 속에 파묻혀 있는 부르주아 출신의 앙투안은 이것에 별로 관심을 두지 않는다. 이것은 십구 세기 말 이후 태평성세를 누려오던 프랑스 국민의 일반적인 세계관을 대변해주고 있다.

미행에서 만든 책들

1	소설	마르셀 프루스트	최미경	**쾌락과 나날**
2	시	조르주 바타유	권지현	**아르캉젤리크**
3	소설	유리 올레샤	김성일	**리옴빠**
4	시	월리스 스티븐스	정하연	**하모니엄**
5	소설	나카지마 아쓰시	박은정	**빛과 바람과 꿈**
6	시	요제프 어틸러	진경애	**너무 아프다**
7	시	플로르벨라 이스팡카	김지은	**누구의 것도 아닌 나**
8	소설	카트린 퀴세	권지현	**데이비드 호크니의 인생**
9	르포	스티그 다게르만	이유진	**독일의 가을**
10	동화	거트루드 스타인	신혜빈	**세상은 둥글다**
11	산문	미시마 유키오	강방화·손정임	**문장독본**
12	소설	마르셀 프루스트	최미경	**익명의 발신인**
13	시	E. E. 커밍스	송혜리	**내 심장이 항상 열려 있기를**
14	시	E. E. 커밍스	송혜리	**세상이 더 푸르러진다면**
15	산문	데라야마 슈지	손정임	**가출 예찬**
16	칼럼	에릭 사티	박윤신	**사티 에릭 사티**
17	산문	뤽 다르덴	조은미	**인간의 일에 대하여**
18	르포	존 스타인벡·로버트 카파	허승철	**러시아 저널**
19	소설	윌리엄 포크너	신혜빈	**나이츠 갬빗**
20	산문	미시마 유키오	손정임·강방화	**소설독본**
21	소설	조르주 로덴바흐	임민지	**죽음의 도시 브뤼주**
22	시	프랭크 오하라	송혜리	**점심 시집**
23	산문	브론테 자매	김자영·이수진	**벨기에 에세이**
24	소설	뱅자맹 콩스탕	이수진	**아돌프 / 세실**
25	산문	안드레이 플라토노프	윤영순	**전쟁 산문**
26	소설	안토니 포고렐스키 외	김경준	**난 지금 잠에서 깼다**
27	소설	모리 오가이	전양주	**청년**
28	소설	알베르틴 사라쟁	이수진	**복사뼈**
29	산문	페르난두 페소아	김지은	**이명의 탄생**
30	산문	가타야마 히로코	손정임	**등화절**
31	산문	고바야시 히데오	유은경·이재창	**비평가의 책 읽기**

32	소설	조르주 바타유	유기환	**마담 에드와르다 / 나의 어머니 / 시체**
33	시론	라헬 베스팔로프	이세진	**일리아스에 대하여**
34	시	하트 크레인	손혜숙	**다리**
35	산문	다니자키 준이치로	이한정	**문장독본**
36	소설	로제 마르탱 뒤 가르	정지영	**티보가 사람들(전 11권)**

한국 문학

1	시	김성호	**로로**
2	시	유기환	**당신이 꽃 옆에 서기 전에는**

로제 마르탱 뒤 가르(Roger Martin du Gard, 1881-1958)는 예술의 중흥기인 '벨에포크'에서 전란과 이념의 시대로 이행하는 20세기의 역사의 한복판에서 활동한 작가이다. 1881년 파리 근교의 뇌이쉬르센에서 태어났다. 페늘롱 중학교를 졸업하고, 국립 고문서 학교에서 공부했다. 마르탱 뒤 가르는 이곳에서 면밀한 자료 수집, 과학적 논리 전개, 객관적 문장력 등의 훈련을 쌓았다.
1908년에 장편소설 『생성』을 발표하면서 문단에 데뷔한 그는 1913년 『장 바루아』를 발표하면서 두각을 나타내기 시작했다. 그 뒤로 『오래된 프랑스』, 『아프리카의 비화』 등의 소설과 『를뢰 영감의 유언』 등의 희곡 작품들을 발표했다.
1920년부터 대하소설 『티보가 사람들』을 집필하기 시작했으며, 그중 1936년에 발표된 「1914년 여름」으로 이듬해 노벨문학상을 수상했다. 그리고 「에필로그」는 1940년에 발표했다. 『티보가 사람들』의 완성 뒤로 전원에 칩거하며 제2차 세계대전을 다룬 제2의 대하소설 『모모르 중령의 수기』를 집필하였으며, 이 작품을 자신이 죽은 뒤에 출판할 것을 조건으로 국립도서관에 맡겼다. 1958년 8월 벨렘에서 사망했다.
로제 마르탱 뒤 가르의 대표작 『티보가 사람들』은 1, 2차 양차 세계대전 사이에 위치한 작가가 참혹한 전쟁의 소용돌이 속에서도 20세기의 역사를 웅장한 인간 벽화로 그려낸 대작이다. 총 여덟 편의 연작 소설로 이루어진 이 작품은 신과 인간, 예술과 이념에 대한 작가의 고찰을 고스란히 보여주면서 영원히 해소되지 않을 인간 본원의 갈등을 그리고 있다.
알베르 카뮈는 로제 마르탱 뒤 가르를 "영원한 현대인으로 남을 작가", 앙드레 지드는 "20년 후에야 진정한 평가를 받을 작가"라는 찬사를 보냈다.

옮긴이 정지영은 1937년 함경북도 회령에서 출생하였다. 서울대 불문과 및 동 대학원을 졸업하고 프랑스 그르노블 대학에서 문학박사 학위를 받았다. 서울대 불문과 교수를 역임하였고, 현재 같은 과 명예교수로 있다. 저서로는 『프라임 불한사전』이 있고, 주요 논문으로는 『티보가 사람들』에 대한 다수의 논문을 비롯 「까뮈의 『이방인』에 쓰인 자유 간접 화법」, 「빅토르 위고의 시의 형식」 등이 있다. 『티보가 사람들』을 국내에 처음 완역하여 소개했다.

티보가 사람들

4부 진찰

로제 마르탱 뒤 가르
정지영 옮김

초판 1쇄 발행 2025년 10월 31일

펴낸곳 미행
출판등록 제2020-000047호
전화 070-4045-7249
메일 mihaenghouse@gmail.com
인쇄 제책 영신사

ISBN 979-11-92004-35-8 04860
979-11-92004-31-0 (세트)